品潮系列

假

寐

修白◎著

中国言实出版社

图书在版编目（CIP）数据

假寐 / 修白著. -- 北京：中国言实出版社，
2022.4
ISBN 978-7-5171-4104-4

Ⅰ.①假… Ⅱ.①修… Ⅲ.①中篇小说—小说集—中
国—当代②短篇小说—小说集—中国—当代 Ⅳ.
①I247.7

中国版本图书馆CIP数据核字（2022）第047631号

假　寐

责任编辑：宫媛媛
责任校对：张国旗

出版发行：中国言实出版社
　　地　　址：北京市朝阳区北苑路180号加利大厦5号楼105室
　　邮　　编：100101
　　编辑部：北京市海淀区花园路6号院B座6层
　　邮　　编：100088
　　电　　话：010-64924853（总编室）　010-64924716（发行部）
　　网　　址：www.zgyscbs.cn　电子邮箱：zgyscbs@263.net

经　　销：新华书店
印　　刷：北京温林源印刷有限公司
版　　次：2022年9月第1版　　2022年9月第1次印刷
规　　格：880毫米×1230毫米　　1/32　　7.75印张
字　　数：200千字

定　　价：58.00元
书　　号：ISBN 978-7-5171-4104-4

目 录
CONTENTS

似有若无的墙

男女生洗手间的隔墙，因为靠窗而没有封死。这堵墙便成了皇帝的新装，你想它有就有，想它没有就没有。

女生艾丽在洗手间用牙刷，对着水龙头的流水，刷皮鞋上的泥巴，唰、唰、唰，忽轻忽重，忽急忽慢，一声接一声。

男生贾可听来就像听一首音乐，好听极了。贾可常站在自己的墙边，听着隔壁传来的种种声音，想象艾丽在洗手间的样子，她在做什么，下面她又要做什么。

有时贾可听见艾丽冲淋时，头上的泡沫流淌并跌宕的声音，泡沫五彩的，一朵一朵的，在浴室的地面上生成，破灭。它们舞蹈，跳跃，一点一点地挣扎，最后淌进地漏，极不情愿地滚走。有时，他甚至看到她弧形的腰际上，抖动的一缕缕湿发，于是，每当他用毛笔沾满墨汁书写时，宣纸上全是艾丽跳动的湿发。

贾可对艾丽这边传来的各种声音的想象，就像夜空中的礼花，不断地期待着下一朵的灿烂。这种无尽猜想，使贾可独居一室的日子，充满了新鲜的期待。

现在艾丽这边传来了清脆声音。贾可听了一会儿，耳朵享受着，就知道这丫头在削苹果，便故意逗她，艾丽，你在做什么？

声音如此近，好像就站在她面前。艾丽不禁好笑，你猜呢？

贾可说，削苹果。

你想吃吗？

想。

等我削好了你再过来吃。

削得蛮快的，用刨子刨啊？

当然。

我闻到清香味了，好像是只黄色的苹果……

艾丽感到贾可很虔诚地站在她的面前，等她手中削的"苹果"。艾丽开心极了，她看着手中的鞋子，怎么也想象不出它是苹果，真想把这只鞋子切一小块下来，叫贾可吃掉，可是如果贾可知道此刻她手中不是苹果，而是只沾满了泥巴的鞋子，贾可的想象就荡然无存，贾可的想象叫艾丽的心中充满了快感。

艾丽的苹果就一直削不好。

你要削几只苹果才让我过来吃？贾可等不及了。

艾丽跑到卧室，拿一块巧克力，从洗手间的墙缝中，小心地塞过去，她感到贾可的手触到了它，隔着男女生的这堵墙，忽然间就有了两个不同的极点，闪烁的电流从一个指头传到了另一个指头，贾可完全接住了巧克力，贾可还没有剥开糖纸，舌尖就尝到了巧克力的浓香。

贾可的门和艾丽的门只几步之遥，艾丽听对面没有动静，感到冷清，就到洗手间喊："贾可。"一声轻唤，贾可触电般从床上弹起来，他们各自站在镜子前梳头，讲话，镜子与镜子之间隔了一层砖，有时砖在，有时砖不在。谈兴正浓时，贾可说，昨天，你不在，隔壁一点声音都没有，我怪不习惯的，其实，我们是住在一套房子里，你做什么我都知道，你晚上几点出去吃饭？

艾丽听了说，你竖起耳朵听，不行再拿一面镜子，对着这道缝折射，不仅能听见还能看见。

他们住在植物园里，园子的隔壁是动物园，夜晚的动物园，偶尔会传来狼的吼叫。艾丽听了，就不敢一人在园子里转，但是她又对夜晚的园子充满了好奇，便约了贾可一起去。

天渐渐黑下来。

黑，拉起一个没有边际的幕布，艾丽在前面走，贾可看着她娇小的背影在幕上动。

动，成了墙角的二月兰，在风中摇曳。贾可便说艾丽，你是一只依人的小鸟。

艾丽左顾右盼，耸耸肩说，我是秃尾巴的老凤凰，无依无靠。

贾可就追上前，拍拍自己的肩说，靠吧，这就是你的依靠。

园子里越来越黑，没有任何参照物对比，哪儿是路，哪儿是树。走了一阵子，艾丽说，看见这些肥嘟嘟的嫩草，就想把它们一口口全吃掉。贾可说，你是羊的肚子，猫的眼睛，你有几年没吃草，我怎么看不见这些草？艾丽说白天看见的呀，你不会听声音吗，你听见有几朵二月兰在窃窃私语？艾丽弯腰摘了一朵，放在贾可的手心上，你猜什么颜色？贾可闻了闻说，是紫色的。

走完这段小径，艾丽问贾可，你在你们老家哪个单位？做什么工作？贾可说，我在车辆管理所，专门给汽车发放牌照，用电脑选号，每天都有选号的人，握紧鼠标，看中了屏幕上的号，猛然抓起鼠标，掼下去，不知掼坏了多少鼠标，现在，我只好自己握紧鼠标，让选号的人点击一下，他们看好了号，就猛然抓紧我的手，一天不知要洗多少次手。

艾丽听了哈哈大笑起来，还有这种事呢，要不是干你这一行的人说的，我怎么也想象不出来呀。

这时，一只大鸟"噗"地从地面飞过，停在小径边的大树上，黑暗像打碎的墨缸，铺洒了一夜的神秘，神秘模糊了艾丽的视线，却叫她的心生出了无尽的念头。艾丽动情地说，每次看见这棵树，我的心里充满了一种强烈的欲望。

什么欲望？贾可迫不及待地问。贾可什么也看不见，神秘像鼓点敲打着艾丽的欲望，他太想知道这个女孩心底的东西了。

你猜猜看。

贾可心想是接吻，在大树下，在鸟的俯视下，在天籁之际和心爱的人接吻多好，嘴里却小心地说：唱歌？

不对。再猜。

摘一片叶子当书签。

不对。让你猜四遍。

等待大鸟在树上啁啾。

不对。提醒你，不要太诗意。

谈恋爱。贾可实在想不出什么好理由，就直截了当地说，说完，紧张地等她讲。

不对，告诉你吧，我想爬树，我怀恋小时候爬树翻墙头的日子。他们走在一堵古旧的砖墙下，黑暗中，女孩一扭脖子，贾可闻到一缕缕忽隐忽现的草香，不禁问道，你为什么要翻墙头呢？

艾丽说，墙里面有花呀，想摘花。

这面墙里也有花呢，贾可说，我已经闻到了花香，我们翻过去偷花好吗？

好！我喜欢！艾丽跳起来。

贾可牵起女孩的手，没等女孩反应过来，贾可就翻了过去，贾可落在地上的时候，一股腥臊味压过来，借着面前矮房子里幽暗的灯光，贾可看见一只猴子站在自己面前，四目相对，和自己一样不知所措，贾可愣了一下，转身就翻了出去。

墙内传来了一阵紧似一阵的狗叫。黑暗像破碎的墨缸，把它最后的墨汁全洒进了夜空。

原载《青春》2002 年第 10 期

《文学选刊》2003 年第 1 期转载

寻找高迪

转 20 度,再转一点。她指挥她。两个姑娘,在塞维利亚广场拍照。她们穿着在西班牙新买的裙子,裙子上明艳的花朵,令人想起那首《西班牙女郎》的旋律。她们惯常穿着的职业装,与此形成了一个落差。她们要的就是这样的改变,由此产生的新奇感,使她们莫名地兴奋。她们纤细的身体,随着服装的改变,伸出了毛茸茸的触角,感受着西班牙热腾腾的气息。

高个子姑娘贾莲把手机伸进游客禁止入内的铁围栏里面,对准广场的一个角落,她要拍一张广场的全景照片。矮一点的西西姑娘来自苏州,她在局部取景,拍摄那些古老建筑的细节。

贾莲的手背修长纤细，阳光下，有一层棕红色的汗毛。她在取景，手机转角到40度的时候，太投入，刚才还在手上操控自如的手机，忽然，掉到地面，滑落在围栏里。围栏内的地面看上去平整，却是倾斜的，手机像是长了爪子，一路向远方爬去，在离围栏几米远的地方，缓慢地停了下来。任何轻微的触摸，仿佛都会使它再爬一段距离。

西西姑娘有些吃惊，叫起来，啊！两个人愣在那里。她们万万想不到，手机会是这样的结局。手机像是中了魔法，瞬间就跟她们了无关系。

两年前，她们在美东的建筑学院读书。毕业后，各奔东西。现在，她们相约，去西班牙聚会。贾莲来自美国西部，父亲是墨西哥人，母亲是韩国人。她有一头棕红色卷发。她们既是同窗，又是室友。她们有个共同的爱好，就是收集世界各地的蝴蝶标本。

每逢节假日，她们结伴出游，四处找蝴蝶。有时，是三个姑娘，有时，是四个。

最近一次，贾莲组织的长途自驾游，吆喝到一个来自成都的男生。男生说他擅长捉蝴蝶，信誓旦旦地保证，能给她们找到心仪的蝴蝶品种。其实，他对蝴蝶一窍不通。上路后，他可以帮她们开车。出发半天后，轮到男生开车了，他说自己虽然有驾照，但是从来没有上过路。几千公里的旅行，贾莲和西西两个女生轮流开车。组织这样的行程，各种不确定因素都会发生。

这次假期，她们悄悄来了一个说走就走的旅行，只有贾莲和西西的时间吻合。她们从遥远的两个国度到巴黎聚合，转机去西班牙。现在，到了塞维利亚。

手机是贾莲不可或缺的一部分，重要的是，她们要靠这部手机导航回住地。已经是黄昏了，这里的黄昏适合拍照，离天黑还早。晚上八点钟，天还是亮的。西西的手机没有网络，拍了一天照片，只剩下几格电。

铁栏杆并不高，西西轻灵的身体可以翻越栏杆，爬进去取手机。但是，告示栏里清楚标识：军事区域，禁止入内。我不会翻越进去，西西笑起来，她的一个小伙伴因为鲁莽，进入军事区域，为此还上过法庭，成为被告。

围绕着这栋建筑，她们深一脚，浅一脚，踟蹰而行，试图寻找看门人或是管理者，帮她们取出手机。她们专程赶到这里拍照，已经走了一天的路。塞维利亚的道路是用碎石头铺成的，有的是用马掌一样的黑色焦炭疙瘩铺成，凸凹不平。她们穿着尖细的高跟鞋在这样的道路上行走一天，已经精疲力竭，原来打算早些回去休息。现在，回不去了。

两人疲惫地靠在墙角，看着彼此尖细的鞋跟，裹紧腰身的裙子，与裙子颜色搭配的指甲油，高高盘起的发髻。高迪说过，直线属于人类，曲线才是属于上帝的。打扮得这样做作，是想靠上帝近一些？禁不住相视而笑。为了给贾莲蓬乱的红头发盘出同样的中国发髻，西西用了差不多一瓶定型剂。

她们围着建筑群绕了大半圈，找到一个门厅。这里，没有禁止进入的标识，两人探头探脑地往里走，希望能遇见一个人，最好是守门人或管理人员。下面的一层建筑可以观赏，上面一层建筑，只有部分可以观赏，她们停下脚步。有人吗？不会西班牙语，用英语呼唤。有团庞大的影子从柱子后面移动，她们睁大眼睛，注视着影子。抵达这个国家第一天被偷的经历，使她们变得格外小心，稍有偷盗迹象，随时准备逃逸。

出行之前，贾莲起早赶到西班牙领事馆办签证，领事馆已经下班。她只好去附近的葡萄牙领事馆办了个签证。这些国家的签证可以互通。贾莲从戴高乐机场出关，转机。西西从浦东机场起飞，从戴高乐机场转机。两个姑娘约好，一起去巴塞罗那机场汇合。

她们被戴高乐机场高大的白色顶棚吸引，不约而同地拍摄了顶棚的不同角度。顶棚的线条随着光线的变化，呈现出不同的走向。两个人的拍摄角度不同，感受到光是建筑的魔法师。此次旅行，是一次向高迪致敬的旅行。她们自然选择了西班牙。

抵达巴塞罗那的第一天，贾莲的挎包被偷。在哪里被偷的，她不知道。拍照片太投入？不是的，她还没有拍照，她母亲给她的墨西哥化妆包还在手上，不知道什么时候，她的化妆包和随身携带的包包不翼而飞。等她拍了一组照片后，发现包包不见了，连同护照、钱包、身份证、银行卡，她所有的贵重物品全部被偷。她坐在街心大树边的石头椅子上，挂失自己的银行卡。她想起临行前，母亲一再叮嘱，那里小偷多，钱包收好，租车的时候，记得一定要买保险，当地人会砸后备厢，砸汽车的窗玻璃，只要是游客的车子，就有被砸的风险。

我们不会租车的。贾莲不耐烦。母亲总是叮嘱不休，拿小孩当傻子，她自己什么都不懂，这个世界就是傻瓜当道。母亲真是乌鸦嘴，却自诩预言家。这次又被她说中。

贾莲的母亲在墨西哥度假，她在读奥康纳的小说，读到那个祖父在教训他傲慢的孙子。祖父领孙子出门，走在大街上，祖父突然故意消失，孙子不见了祖父，迷路，倍感挫折。看到这里，贾莲的母亲坐在沙发中，自言自语，她不听老人的教训，说了也没有用。她们这代人，傲慢无比，丢失了宝贵的，才知道失不复得。孩子需要得到教训，不然，大多数经验，听不进去。自从她们考上了一流名校，她们就以为自己是世界上最聪明的人，学业的优异，似乎代表了生活经验的超验。她们在精神上的优越感，恰恰是她们前进路上的绊脚石。她们一天不学会谦卑，就一天不会得到与之匹配的能力、人格魅力。

贾莲的母亲像一个预言家，坐在沙发里，摇晃着脑袋，坐等贾莲的失败。失败是成长的阶梯，她需要失败。失败得越早，越有利于她的成熟。她甚至畅想贾莲丢失包包后的落魄，并暗自庆幸，活该，早丢早好。

幸亏手机还在。挂失信息在手机内逐一找到。她们去警察局报案，当地时间中午 12 点，大门紧闭，大概是午休吧。她们就一直在门口等待着有人来上班，一直等到下午 2 点，也不见大门打开。有人说，巴塞罗那的警察局休息日不上班，她们只好失望地离开了。第二天，依然是这样，上午等了半天，也不见一个警察的影子。

第三次去报案，等了很久，不见警察。两个人相视，窃笑。西西说，三天的行程，有两天在找警察。小偷改变了我们的行程。贾莲笑，我们走吧，再等下去，假期就要结束了。两个人决然离开了警察局，寻高迪而去，却在窗台上发现了日本人的银行卡，一定是被小偷盗窃后抛弃的，又被人捡了回来。

她们游逛了一番市内风景，几个小时后，心里还是感到不安，总觉得有什么重要的事情未了，又转回到警察局。贾莲已经不抱什么希望。西西眼尖，看见一个胖子摇摇晃晃地走过来，近看，是警察。贾莲也看到了，胖子警察正向她们走来，她朝他挥手致意。警察不懂英语，她们不懂西语。手势，简单的词汇，警察见多识广，大致明白她们是游客，来挂失的。警察让她们稍等，他去了里面，一会儿，出来一个懂英语的女警察，老远就和她们打招呼。女警察不急不忙、慢吞吞地，把她们被偷的物品一一登记下来。现在，她们唯一能证明自己身份的，是西西手机上的信息。

手机快要没电了。西西说。

还有几格电？6格。两人有些担心。

柱子后面的影子移动到她们面前的时候，两个姑娘释怀了。庞大的身躯，微笑着，一眼看去，就是一个和善的大爷。那些不怀好意的人一出场，蹙眉，神情紧张，然后，猥琐的言辞就出现了。

大爷看到姑娘，眉飞色舞。大爷发自内心的喜悦感染了她们。他一定是和气并愿意帮助她们的。因为，他的心里没有乖戾之气，他的和气，像一朵绽放的莲花，散发出体谅与分担别人疾苦的芬芳。

贾莲跟他描述手机遗失的过程，大爷听不懂，只是摇头，双手摊开，微笑，轻松得像一粒爆米花，喷薄出香甜的气息。大爷一副无能为力的样子。西西打开手机，她当时拍了一张手机遗失的位置图片，她把图片递给大爷看，大爷豁然开朗，哈哈大笑起来，大爷说，要找警察，这个不属于他的管辖。她们听懂了"警察"这个单词，英语的 Police 和西语的 Policia，如此接近。

告别了大爷，两个人茫然地走在大街上。手机还剩 4 格电。贾莲担心如果手机没有电，她们无法找到回去的路。卡片是在巴塞罗那买的当地卡，没有网络，只能通电话。有电也没有用。西西怼她。贾莲想，一定要找到警察，拿到栏杆内的手机，她们才能顺利回家。

西西的脚板磨出了水泡，每走一步都疼。贾莲把她从台阶上拉起来，走吧，等你的手机断电，我们就更惨了。她们必须在手机最后停电之前拿到栏杆内的手机。这个过程有些像一档综艺节目，一群人费尽心力寻找预先收藏的物品，谁先找到，谁是赢家。看明星找东西是娱乐，轮到自己，心里那个焦虑，无法言说。西西想哭，怕贾莲笑话她，忍住了。

她们有些沮丧，彼此鼓劲。就这样，在广场上踟蹰而行，不知道哪里有警察。之前商量好的，一个人的手机漫游，全球通话；另一个人手机上网，导航线路。两个人的手机功能不同，谁也不能取代谁。当然，谁也不能离开谁。这样的设置，把她们紧密地维系在一起。她们需要建立一种除了父母、男朋友以外的亲密关系，她们在求学时代所属的上下铺的同学关系。当然，学校是不存在上下铺的，学生一人一个房间。

但是，她们在一个小组，做共同的课题项目。经常是贾莲主创，统筹规划；西西主持绘图，她是小快手，一边绘图，一边用手机追看韩剧，即使这样，她也比别人绘得快。刚到这个班级的时候，她发现班上有几个大叔级别的建筑大神，一个四十多岁的温哥华教授，因为签证到期，申请了这个学校的硕士学位；还有一位三十多岁的本土小哥，金发碧眼，他一天喝八杯以上星巴克，可以持续绘图几十个小时，不睡觉。他们掌握世界最新版的各种绘图软件，应用自如。

西西站在他们身后，看他们绘图，异常羡慕，请教他们。她在班上年纪最小，个子也最矮，一张胖胖的娃娃脸，笑起来，胆怯，羞涩。他们把她当作孩子，愿意手把手教她，毕业典礼上，把她举起来，抛到空中，再接住。以至于她毕业的时候感到，她学到的最多知识，不是来自教授的课堂讲学，而是来自这些来自世界各地的同学之间的交流。

她们小组有一个来自南亚 Y 城的男同学 X，他负责每个课题的项目汇报。平时，他很少在工作室出现。等到一门功课结束、项目汇报的时候，男同学才出现。基于建筑学需要的合作精神，几个女同学的创意、规划，要经过小组所有成员的认可。他经常在她们绘图接近尾声的时候，提出新的无厘头的创意，只是为了显示他在几个女同学面前的威望和重要性，以弥补平常合作的欠缺。他以这种方式，坚持要她们返工。西西和贾莲屈从了一次以后，第二次，便争执起来。

他羞辱贾莲，看看你的头发，像大猩猩一样，你跟猩猩一样丑。又指责西西，整天跟猩猩在一起，越来越笨。西西丢下鼠标和键盘，跑回宿舍，大哭一场，哭完，想到临近结项，功课是自己的，一个学分的学费是 1600 美元，虽说钱是家里汇来的，不要她操心，但是补考难看，哪个中国学生不想做好学生呢。拂晓的时候，工作室还在绘图的学生，一眼扫过去，都是黑黝黝的头发。想到这里，西西揉揉眼睛，回到工作室，继续绘图。

第三次合作的时候，她们决定反击。贾莲也不是好欺负的，看她这个猩猩来收拾他。那一段时间，她只要看到 X 同学，就故意在他面前装成猩猩走路的样子，她的膀子细长，学猩猩甩膀子，砸东西，尖叫。

感恩节过后的一个下午，项目汇报开始。擅长演说的 X 同学站在讲台上，手举模板、幻灯图片，开始了他的夸夸其谈。来自美东地区各个大学的教授们，在台下倾听各个小组同学的演讲。教授们看着幕墙上的幻灯图片，发现和 X 同学的演说不相干，当教授们明白是怎样的一场闹剧的时候，目瞪口呆。X

同学演讲的内容与幻灯片演示的内容，风马牛不相及，引得台下同学们一阵哄笑。X同学被轰下台。团队换人汇报，主创人员西西上台主讲。

这次，她们按照自己的规划和创意来绘图，完全抛开了X同学的指手画脚。西西团队富有创意的展示、精美的绘图、一口标准的美式英语，获得台下阵阵掌声，赢得了教授们的一致好评。院长是个小老头，他坐在台下，对走下讲台的西西眨巴着一只闪亮的小眼睛，鼓励她，以后要自己上台演示。

小老头谢顶，圆亮亮的脑门在灯光的照射下泛着光。师生对视，会心一笑。这门功课结束，她们获得A+。当然，这份成绩没有X同学的份。

通过这次反击，西西与贾莲的关系趋于紧密。几门功课合作下来，愈发默契。她们以怼对方为乐趣，验证她们亲密的同学关系。换衣服的时候，她说，嗨，我看到了，你的胸脯像搓板，硌人。她怼她，大胸有什么了不起，魔发狮子王。

你这个黑发小鬼，她伸手拍她头顶，你说跟我一见如故，你在骂我，一见到我，我就是死过去的人。这是你对我有爱的语言吗？有时，怼狠了，她们也会翻脸，但是，其中一个出格的，会很快反省，检讨，关系又回到从前。

谁也不能预估谁的手机会丢。彼此心里在打鼓，以后出门，一定要办一个全能的卡片，不能依赖对方。但是，谁也不愿意说出来，怕伤了对方。她们在维护同学之间细微的情感。越是年轻的姑娘，越是在乎一些表象的轻微的关联，关联得越紧密，仿佛她们的友情越牢固。这种关联，甚至达到破坏对方与男朋友的关系，以此证实她们关系的牢靠。

其实，这种通过手机设置来体现的彼此互映，还停留在一种形式的浅显阶段，只是比幼儿时期的过家家进了一步。这是她们成长的必经之路。她们的友谊还要经过成年以后的各种考验，才能持续下去。

她们以为天下无贼，尽管她们已经丢过几部手机，为什么还在丢手机呢。是乔布斯的魂魄在召唤她们，嗨，新款出来，你们要找理由尝试新款，潜意识里，在不断遗失旧手机。

她们抵达巴塞罗那的第一天，就切实感受到，盗贼漫天。一个推婴儿车的母亲，让一个东亚姑娘帮她推一下车子，她去买个奶瓶，这样的一会儿工夫，那个东亚姑娘的钱包就被车里的孩子拿走了。

贾莲被洗劫一空。她现在一步也离不开西西。她们一起去超市购物，买一袋食物，吃一天。超市里的海鲜青口，可以生吃的，在保鲜盒里，三欧元一盒；法国长棍，一欧元一根；各种蘸酱、袋装生食蔬菜、提子，比她们在学校读书的超市要便宜很多。她们在节俭的同时，被动感受着当地居民的生活、物价。在巴塞罗那一百欧元一晚的民宿房间里，西西呼吸的空气中飘散着腐败奶酪的呕馊味儿、床上用品的人腥味儿。她穿了防晒衣，戴了防晒帽，把自己严严实实裹起来，平躺在床上，动都不敢动。

贾莲嘲笑她，你这个木乃伊，哈哈哈。贾莲不在乎，她穿了内衣裤，在床上四仰八叉，呼呼大睡。早上起床，脱光了衣服，冲个澡，干净得像西班牙橡树火腿，能吃。她把膀子伸到西西面前，西西咬了一口，毛猴子，留下轻微齿痕。她夸张地叫起来，毛猴子，什么意思？她问西西。打闹中，两个人忽然想起来，要去楼下吃早餐，在街边小店，咖啡、羊角包、色拉、圆饼、彩色水果等各式早餐，她们点不同的两份，互相换着吃，最后，两份都各剩了一半。

她们去超市买那种专吃橡树果实长大的黑猪肉做的火腿。这种可以生吃的火腿，夹杂着白色的肥肉，红白相间，味道异香。买一片十欧元多一点，买一整只火腿才一百欧元，可惜带不走，西西真想买一整只火腿带回家，给她父母尝一尝。

光线在暗淡，夕阳在广场的建筑上降落。她们的视线在四下搜寻警察的踪影。

没有小偷伴随的旅途，也要寻找警察，两个人真是作。贾莲自嘲。西西笑起来，我们过去就是作惯了的，不作，就不是聪明人。耶，贾莲竖起拇指，一缕红头发飘起来。

已经到了吃晚饭的时间，商家的灯火次第渐亮。贾莲有些饿了，她没有说出口，现在，不是谈论吃饭的时候，她一定要找到她的手机，就像她一个人租车载了几个不会开车的同学从美东开到美西一样，一口气，十个小时，只有一个人替换。只要她决定的事情，就一定要做到，没有人能阻止。何况是她自己的手机。一辆色彩明亮的小汽车从她们面前驶过，车门上有字母 Policia，贾莲尖叫起来，希望总是在最绝望的时候出现，西西已经追出去了。

　　警车在巡逻中，速度并不快。她们俩的高跟鞋在坑洼不平的石头地面上跑不快。贾莲脱了鞋子，朝巡逻车扔去，一路追着，喊着，无奈。汽车的声音掩盖了她们两个的声音。两个姑娘无论拼了怎样的力气，喊声也传不到警察的耳膜里。

　　就在她们离警车越来越远的时候，一对迎面而来的老年夫妇看到了这一幕，他们跟警察挥手，示意警察停车，指着两个一路疯跑、跌跌绊绊的姑娘。警察调转车头，迎着她们开回去。

　　警车上下来一个大汉，紧跟着又下来一个更大的大汉，两个大汉横在马路上，听不懂她们的语言。老年夫妇来自巴黎，大汉也听不懂法语。老妇人能听懂英语，知道她们的手机遗失以后，她的包里有充电宝。西西的手机已经没有电了，连接上她的充电宝，一会儿，可以打开手机，找到图片，给警察看遗失手机的位置。警察恍然大悟，告诉她们，要找军方，这个地方不在他们的辖区之内。

　　还要找军方。西西的脚，瞬间崴了一下，跌倒在地。真让人绝望，坐在地上，干脆大哭起来。老妇人走过去，把她抱起来，她娇小的身体因为脚踝的疼痛，站立不稳，伏在她的怀里抽泣，她有些不好意思，闻到了她身上的香水与其他的混杂味儿，又不知道如何摆脱这样的困境。老妇人把她当成了一个孩子，这么小的孩子，跑了半个地球来巴塞罗那，却被偷了钱包和护照，现在，手机又失落了。老妇人心生怜悯，邀请她们先去吃晚餐，吃饱了再找军方。

在广场附近的一家餐厅，她们见到了这对夫妇的女儿。他们的女儿金发碧眼，是巴黎人，嫁到塞维利亚。他们从巴黎到塞维利亚看望女儿。西西感慨，从巴黎嫁到塞维利亚，需要多大的勇气。贾莲说，她的丈夫一定很英俊。果然，后面进来的女婿，英俊极了。大家各自点了自己的餐食。老先生点了土豆和鱼，贾莲笑他是英国人。她要了橡树火腿，西西要了海鲜饭。夫人要了一种西班牙水果酒。这种酒水真好喝，西西说。夫人介绍，每次来西班牙都要喝这种果酒，是西班牙特产，用去皮去核的水果、红酒、红糖、朗姆酒，混合浸泡而成，喝的时候，可加点汽水。夫人又介绍其他水果酒的制作方法。

餐后甜点，上来一份马卡龙。她们想起在学校读书的时候，在学校附近的甜品小店，两个人分食一盒马卡龙的场景，场景的浮现，使得她们有些甜蜜得恍惚。那里，有她们同窗多年的共同回忆。记得她们课后，一边咀嚼马卡龙，一边闲逛古根海姆博物馆。

"红磨坊"那幅画悬挂在博物馆醒目的位置，红线围挡，她们拍照，工作人员阻止，是个帅气的小哥，藏在对面的墙后，随时跳出来，阻止游客靠近、拍照。游客众多，不能近距离看清油画的细节，有些遗憾。她们相约，以后放假再去。现在，那幅画还在那里吗？因为不断有游客拍照，小哥干脆站在画的面前，东张西望。她们无法越过小哥，看清楚绘画的细节，只记得小哥站在画前东张西望的样子，那幅画和小哥糅合在了一起，等她们再去的时候，小哥不见了，那幅画也不见了。打听一番才知道，"红磨坊"已经展览到意大利。

吃完饭，路过100多年未建成的大教堂，白色的鸽子停留在教堂的顶部，这座教堂要再过多少年才能建好呢？老妇人说，她可能看不见教堂的完工了。老先生说，完工的那天，我们一起约好，再来。你们两个也一起来。OK，在戴高乐机场汇合，大家一起过来，她们开心地欢笑。

老夫妇送她们回驻地。车上，他们邀请两个姑娘和他们一起旅行。第二天，他们开车来接她们。塞维利亚是一个不大的城市，很快就能到达下一个地方，老先生停好车，两个姑娘和夫人一起下车，宛如一家人一样。

凯撒·巴特龙之家，出自设计师高迪。一切元素来自大自然的馈赠。沙漠和火焰为主题，海螺、海藻、软体动物、贝壳做的造型。木头是曲面的，呈现出生物的自然状态。乌龟壳的造型，越到上面，玻璃的颜色越深。室外光线强烈，柱子像骨头的曲线连接。西西在琢磨，当时，这个建筑的施工图怎么画？3D建模？还是实体模型？老先生说，可能是现场的手艺人监工，一些热爱建筑的手工艺人，把建筑当艺术品，手工做出来的。大楼的外立面，像童话故事的城堡，中庭的砖瓦越往顶上，颜色越深、渐变，窗户像船帆，整个建筑是曲面，屋顶花园用的是彩色玻璃。马赛克做的雕塑，建筑的正面完全是仿造大自然的动植物线条，观赏价值极高，墙面上有水景，水景也是弯曲的，门把手像动物的爪子，采光用漫反射，日照角度非常高，光照强，没有直射光源，顶部结构像动物的骨节。门像奇怪的肥皂泡。他们一行人走进建筑的中庭，看到1:45的模型展示，手绘的人工手稿。内心里，敬佩这里的工匠艺人。

几天以后，贾莲想着找手机的事，她记得，她将警察写给她的军方地址交给了老妇人，老妇人把纸条给了她的女婿。他有没有给她找到手机呢？又不好意思追问。只好劝慰自己，算了，一个手机而已。有了老妇人的陪伴，她们没有手机导航也能出游。

他们开车去了马德里旧皇宫，皇宫像所有的宫殿一样辉煌。老先生让她们仨站在台阶上，以皇宫为背景，给她们拍合影。有游客过来，让老先生站过去，给他们四个人拍合影。然后，她们再给游客拍合影。

离开旧皇宫，他们驱车去火车站。进入马德里的火车站，让人意外。火车站里全是植物，悬垂的植物，从一棵大树上倾泻而下的叶片，像假花一样的硕大的花朵。像个公园。他们坐在碧绿的草地上，午饭时分，喝着水果酒，吃橡树黑猪肉的火腿、羊角面包、提子。一圈人，围坐在草地上。

火车站里的植物就像西西小时候看的动画片一样，原来，那些神奇的动画片场景不是魔幻，而是有出处的，她有一种回到童年的感觉。而草地上的午餐，让她一下子回到学校附近的草地上。火车站的火车，像学校大门口地面下的地铁。她们彼此的记忆碎片穿插在一起，组成一个个新的碎片，生命就是由这样的碎片连接起来的吧，随着时间的消逝，记忆的差错、新的时间的介入，弥补了碎片的缝隙，组成一幅看似完整的画面，记忆就是这样的穿插、更新，而有了连续的力量。西西忽然觉得，有记忆的生命是高贵的，记忆得越清晰，生命的长度越完整。

贾莲感慨记忆是生命的重要组成部分，没有记忆的人生，像植物一样。西西说，植物也是有记忆的，不然，植物的基因怎样进化。老夫妇微笑，认可西西的观点。

老先生回忆起年轻时候求学的经历，他们夫妇是大学同学，毕业后，去过很多地方，考察地质地貌。他们是研究地质的，在苏门答腊岛的锡纳朋海底火山爆发的时候，亲历了那场火山爆发，他们在离现场很远的海岸上，搭乘直升机逃亡。火山爆发的海啸，吞噬了附近的整个海洋，地下岩浆熊熊燃烧，引发的海啸吞噬了附近的岛屿。人类在自然面前是多么渺小，高迪的建筑元素，采用了大自然的各种曲线，无论是骨骼的弯曲、弧形、植物，还是海洋生物，一切来自大自然的馈赠，都是高迪的建筑元素，高迪是一位敬畏自然的建筑大师。

他们离开火车站，去高迪的另一个建筑。这座建筑的阳台像骷髅头，铁艺栏杆以花和海洋为主题。地砖像水滴带沙，水纹明晰。整个建筑主体就是大自然各种线条的集中阐释。而建筑的背面，呈现出实用主义的一面，整面的大窗户，力的支撑点，强调了建筑的功能性。

她们在高迪设计的建筑中流连，惊诧于建筑元素的大胆，其与自然的有机结合。老妇人接了一个电话，说的法语，她们猜测是她女儿打来的，邀请她们去看晚上的表演。

多年前，西西在上海世博会看过西班牙馆的展出。弗拉明戈已经在她心目中留下深刻的教条般的印象。舞者的头顶空间，布满了人的骷髅头，腿部的长骨头连接成一片片，渔网般白色的浩荡的人骨头画面，是舞台布景的标配。遗憾的是，表演现场，她没有看到这样的场景，几乎没有舞台布景的小舞台。小空间里，响起了弗拉明戈音乐。贾莲盯着出场的舞者，舞者阔大的裙摆，有节奏感地飞扬起来，旋转。随着肢体的摆动，表演者把情绪推向高潮。贾莲合着节拍，身体抖动起来。

当舞者随着节拍跳到贾莲面前时，一部手机从天而降，抛到贾莲怀里，贾莲惊呆了。这是她遗失在军事区域的手机，她本来已经不再抱有找回来的希望。而跳舞的西班牙男子，他与老妇人的女婿如此相像，他们是一个人吗？贾莲欢快地跳跃起来。

假期结束前。贾莲在忐忑中领到了新办理的护照。那天，她们在马德里机场搭机去巴黎，老夫妇一行改签了机票，她们同行。飞机缓缓起飞，升空，两个小时后，降落在巴黎机场。她们在机场告别，拥抱，相约，等大教堂封顶的时候，她们再去相聚。

芳　邻

　　一阵一阵的电钻声音，尖锐，刺耳。陈奶奶走出家门，寻着声音，挨家挨户找到声音的来路。她被声音击打得焦躁。声音来自8楼的老景家，她推开虚掩的房门，气呼呼地闯入，看到几个工人在干活，她舞动着枝杈一样的两节指头，用拐杖敲击地面。停工，停工，不许打电钻。

　　没人搭理她。几个工人，一脸的粉尘。眼皮、脸面、头发，都是灰的颜色，睫毛上挂着灰粒，随着眼皮的张合，灰的颗粒上下舞蹈，睫毛成了雨中的斗笠，落满粉尘的露珠，露珠下的眼睛，越发明亮。工人们头也不抬，继续干活。陈奶奶感到了怠慢，她举起拐杖，舞动到工人面前，停工，给我停工。

耳朵震聋了。她吼起来，拐杖击打着地面的碎石，回头看见楼下的冯部长来了，有气无力地说，哎哟，我的心脏病要发了，喘不上气来。她双手捂着胸口，愁眉苦脸。转眼间，正在施工的客厅，陆续来了不少邻居，围堵在现场。他们像预先商量好了一样，只有一个诉求，停工。

这是一栋离休老干部大楼，每家都有离休老人在这里居家养老。楼上楼下，过去是同事，或者是上下级关系。生活、工作在一个大院里，几十年相处下来，关系熟悉又亲近。大家七嘴八舌，各说各的理。干预的人多起来，工人便放下手上的电钻，蹲在墙角吸烟。眼看着停工，邻居们商量了一下，要采取进一步的行动，不然，他们转身一走，工人就会复工。最后，以老钱为首，拉拉杂杂，一行人去院办房管部门告状。

这么多老人陆续过来，房管部门有些吃惊，他们不知道出了啥事情。搬椅子的，拿板凳的，倒水的，让大家坐下，且慢说来。大家七嘴八舌，把正在装修的小景家告了一通。都是老干部，不敢怠慢，立刻找小景家电话，电话停机。找到小景丈母娘家的电话，丈母娘也是大院家属，年纪大了，不便过多打扰。要了小景的电话，打过去，让他回大院一趟。小景知道情况不妙，赶紧丢下手头的工作，急急忙忙去了院办。

中午，老钱有些饿了。大院食堂休息日也没有什么好吃的，时不时会有剩饭剩馒头拿出来卖。老钱去大院外的马路上一家常去的餐厅，点了一个牛腩素鸡煲、一碗饭。

老钱的对面桌子，坐了一个年轻女人，说年轻，也不小了。老钱看见比他小的女人，都觉得她们年轻，女人其实已经50出头的年纪。她一个人，点了一盆酸汤鱼、一碗饭。老钱抬头看她的时候，她冲老钱嫣然一笑，你一个人啊？老钱点点头，是一个人，我经常来吃饭，点多了菜，吃不完，这个煲也吃不完。女人说，那我们两人拼桌吃。女人说着，就把她的酸汤鱼端到老钱的桌子上来，老钱赶忙又喊服务员加了一个菜，服务员竭力推荐本店新上的招牌菜，鲍鱼炖老母鸡。老钱想，这家店的菜都不过几十元，点什么都无所谓，只要面前的这个女人高兴就好。

服务员很快把鲍鱼炖老母鸡端上来，一大锅，数量真大，是其他菜量的好几倍。女人很高兴，大口吃鲍鱼，又给老钱碗里拣鲍鱼，拣鱼片。老钱有些激动，好久没有年轻女人往他碗里拣菜了，这个女人说话的声音脆生生的，老钱好久没有听到这样脆生生的声音了，心情好，胃口就好，老钱有些吃多了。女人不断往老钱碗里拣菜，还要了一瓶冰镇啤酒，给老钱倒了半杯，两个人干杯，喝酒，吃肉，老钱有些晕乎。

饭店里烟雾袅绕，人满为患，还有很多等着翻桌子的客人。女人吃得差不多了，她去吧台结账，付了她自己点菜的钱，挥手和老钱告别。老钱没有想到，她走这么快，想要个电话、加个微信的，没有来得及，女人已经上了路边的"滴滴"汽车，有收费员来收停车费，老钱看不清楚，只看见女人坐的车子走了。

结账的时候，老钱喊服务员给他打包。打了三个包。特别是鲍鱼老母鸡，只吃了一小半。没有想到的是，这道菜的价格是398元，老钱有点被宰的感觉，刚才吃到嘴里的鲍鱼，味道好好的，忽然间，觉得不咋样了。

小景赶到院办的时候，邻居们已经回家。他跟院办的工作人员反复解释，按照装修的有关规定，工人是在正常施工的时间干活。院办说，院里情况特殊，都是老同志，工作了大半辈子，天天在家，按照正常施工时间作业，老人肯定受不了。要是哪家的老人有个三长两短，你也担当不起。还是跟邻居们商量一下，定个合理的施工时间。

电钻再次尖叫起来，老钱被这刺耳的声音惊住了，他受不了这样的声音，他想站起来，出去看看，小景家何以这样嚣张。他双手扶住沙发，佝偻着脊背，缓慢地站起来，扶着桌子边缘，移步到大门口。他舒展了一下腿脚，已经大半天没有离开沙发，有些腿软。活动一下身子，打算去楼上找小景，好好教训他一顿。这大下午的，也不让人休息，太不像话。

老钱家住5楼，6楼是陈奶奶家，7楼是冯部长家，8楼是景校长家。景校长已经去世两年多，房子一直空置。最近，景校长家的小儿子时常回来，他在装修。昨天，邻居们才去院办告过他，他竟然斗胆，玩大了。想到此，老钱坐电梯到了8楼。8楼的景家大门虚掩着，电钻的声音从里面传出。老钱突然来了精神，他已经很久没有这样的精气神了，他大步冲进去，看见两个装修工人正在打电钻，此起彼伏的尖叫声刺耳。

景校长家客厅原来的地砖，已经被工人打得七零八落，布满了尘土。砸碎的地砖和水泥疙瘩堆放在地面上，像乱石岗，整套房子已经看不出原来的样子。

站住，给我住手。老钱大吼，眼睛凶巴巴地瞪着工人。工人被他的气势吓了一跳，停下手里的活计。工人巴不得有个休息的间歇。老钱训斥道：谁让你们打电钻的，大下午的，也不让人休息，想要我们老命？两个泥瓦工一脸茫然，木愣愣地说，是老板让我们打的，你找我们老板。老钱说，把你们老板喊来，我要找他谈谈。

老钱训斥完工人，转身去了楼下。他去联系陈奶奶、冯部长，还有 11 楼的、12 楼的，几乎能喊动的老邻居，都被他喊下来。这群老头老太都被电钻的声音刺激到，正愁不知道如何是好，现在，老钱起了头，吆喝大家一起去他家商量。到了老钱家，大家七嘴八舌，小景家装修，我们不反对，但是，不能打电钻，电钻太吵，我们年纪大了，吃不消。

陈奶奶说，上午 10 点可以打一会儿电钻，大家都起床了。冯部长说，上午不能干活，老伴买菜回来，累了，要睡回笼觉。每个人的想法都不同，说来说去，大家还是通情达理的，看在景校长的面上，经过反复协商，最终，达成了一致意见。

意见统一后，这群老人前后去了小景家。众口一词，对工人宣布，上午 10 点不能干活，楼里的老人要睡回笼觉。下午老人也要睡觉，3 点半到 5 点期间，可以打电钻。除此以外，任何时间不许干活。天气好的时候，老人们出去散步，买买菜，工人能偷偷干几个小时。天气不好的时候，老人们都在家歇着，基本不出门，这个时候，小景家只能停工。

装修公司忍受不了这样的进度。他们找小景，让他付误工费。小景也无奈，只好去装修公司重新核算价格，增加了工人的误工费。工人一天干两三个小时的活儿，他照样要付一天的工资。下雨天、阴冷天，老人不能出门散步，是不能干活的。这个大楼住的都是离退休老人。人的年纪大了，不能被电钻的声音刺激。

上午8点，电钻尖厉的声音从头顶划过楼板，传到老钱耳朵里。他想站起来，膝盖无力，双手撑住沙发扶手，替代腿部的力量。尝试了几次，他的手在空中比画了一下，叹口气，垂落下来。整个人更深地陷进沙发中。一会儿工夫，电钻停了，他迷糊过去。

迷糊中，老钱的手机响起来，声音来自沙发坐垫。他的右手扒拉开坐垫边角，左手胡乱地在沙发垫下面翻找，电话铃声响得炸耳，越急，越找不到。一会儿，电话又来了，这次，找得顺利，一个广告推销员的电话，女子嗲兮兮地播报，推销公寓楼房。老钱这么大年纪了，什么也不想买，但是，女子的声音诱人，他搭讪了几句，对方看他没有买的意图，挂了电话。老钱又迷糊过去。他一整天沦陷在沙发里。钥匙，扣子，发票，矿泉水，饼干，椰子糖，大白兔奶糖，鸡蛋沙琪玛，这些小时候稀罕的食品，散落在沙发里，什么都有，唾手可得，随手可丢。没有人过问这些。老钱甚至故意把饼干丢在地上，用脚碾碎，四周看看，没有人管他，真的自在，一个人生活，就是爬到房顶上，也没有人管。人生就像在一个行军的队伍里走着，大家互相牵制、照应，然后，落伍了，掉队了，走到最后，就剩老钱一个人，既没有牵制，也没有照应。老钱说不出的失落。有时，老钱甚至想重新回到那个队伍中，那个在另一个世界的队伍中。瞬间，老钱又醒悟过来，他再也回不去了。

快要过年了，年前的节奏就是忙年，大家都忙，没有心思干活，工人也陆续退出，打算回家。停工就停工吧。停工的两个月期间，楼上一户人家的大爷心脏病突发，去世了，90多岁，死在家里。小景跟妻子说，幸亏我们停工，不然，楼上人家的儿子下来闹事，人命关天，我们可真是担当不起。小景夫妻很庆幸，老人死在装修停工期间，不然，说他们装修引发的老人死亡，打起官司来，有口难辩。

小景家停工的两个月间，老钱的生活恢复了常态。他的老伴去世多年，儿子在旧金山。儿子本来计划接他去住半年，他去住了两周不到，新鲜感一过，就闹着要回家。老钱70岁出头，是这栋大楼里年轻的老人。家家户户，有什么事情，都是他出面召集。最近，大楼没有什么事情发生，儿子也忙，跟他少了往来。老伴在的时候，时常会主动找儿子聊天、视频。现在老伴一走，老钱都不知道跟儿子聊什么。

老钱周围的熟人越来越少。人活到一定的年纪，父辈走光之后，就轮到自己了。大院人口没有减少，跟老钱有关联的人却越来越少。过去，那些和老钱一起往前赶路的人，走着走着，就掉队了。现在，各个岗位上的人，都是比老钱小几脖子的人，老钱都不认识。各个办公室，都是熟悉的。里面的人，却是陌生的。老钱在家族中算起来，是长辈的长辈。父母在，有堵墙，隔着死亡。父母去，死亡"嗖"的一声，猝不及防，窜到自己面前，像一头狰狞的怪兽。

人都要死的，老钱并不怕死，就怕死的过程延误得太久。过去，被行刑的犯人要贿赂刽子手，让刽子手把刀磨快一点，一刀两断，就是为了不要延误受刑的时间。

谁也不知道自己的死亡过程。儿子发过一个视频，说人的各种死法，最悲惨的死，就是想死却死不了。一颗子弹、飞机失事，瞬间失去意识，都属于死得爽快。自己会是怎样的死法呢？最好是在睡梦中死去。人在出生之前，什么痛苦也没有。人死了以后，就像没有出生一样，所以，死了以后，并不可怕，可怕的是死亡的过程。人睡着的时候，什么都不知道，那个时候，就像死了一样。这是老钱面对死亡的自我安慰。前段时间，有个老朋友的弟弟死在家里，尸体腐败的液体流到邻居家才被人发现，家属知道后，很受刺激。老钱同情那个朋友，经常劝导他，劝多了，自己也是黯然神伤。

景校长是个有福的人，他上午发病，下午送到医院，晚上就断气了。景校长活到 98 岁，生活还能自理。虽然他的几个儿子不常来，但是他请了两个保姆，大保姆管小保姆，他的这套房子里住了三个人。那天上午，小保姆发现他坐在椅子里，头歪了，流口水，站不起来。小保姆就打电话喊大保姆，大保姆正在外面逛街，回到大院，喊校医过来。大院的救护车把景校长送到外面的军区总医院。以景校长的资历，顺利入院。各种检查，医生、护士来了不少，到了晚上，景校长就不行了。

景校长的一生是圆满的。平常，画画写字。出了画册，办展览，开讲座，偶尔出去写生，带着小保姆照顾他。景校长忙得不亦乐乎。

可是，老钱能做什么呢？他不会画画，也不会写书法。出门跳舞，是大妈们的专利。老钱去跳过一次，跟在大妈后面，那些大妈的年纪差不多是他媳妇的年纪，他腿脚不便，跟不上她们的舞步。她们步履轻盈，富有节奏感，还有各种肢体的动作。老钱根本就跳不动，也不屑跟在她们后面跳，免得以后媳妇知道，笑话他。更重要的是，老钱决定，下次再也不去跳广场舞，那样的舞蹈，让他有挫败感。

老钱要活出自己的样子。他打太极拳，这才是大爷干的事情。可是，老钱从来没有学过太极拳，他比画着，想象那些打太极拳的人的动作，画来画去，几下子，腿上功夫不行，站不稳，要跌倒，只能放弃。

能干什么呢，干什么都没有意思。去棋牌室打牌，都是一些比老钱要年轻的老头老太，他们不带老钱玩。人的寿命延长了，退休后的几十年怎么度过，是令老钱头疼的事情。过去，老伴在的时候，有个人打岔，一日三餐，忙得煞有介事。老伴经常吩咐他去排队买便宜的鸡蛋。有个休息日，他去超市，推了一个推车，买了一堆零食，习惯性地排队买鸡蛋，一个上午很快晃过。现在老伴不在了，老钱一个人懒得做饭，他想把鸡蛋送人，也不知道能送给谁。最后，鸡蛋在冰箱放干了，老钱都懒得扔垃圾桶。老钱每天去大院食堂吃饭，来来往往的，都是不认识的年轻人。实在无聊，去街边的饭店点一个饭菜。别的桌子，至少是两个人吃饭，更多的桌子，是围了一圈人吃饭。偶尔，那些围了一圈的，叼了香烟，还在到处打电话喊人，年轻的生命就是这么喧腾。老钱羡慕他们在世界上有这么多的关联和羁绊。

星期天的上午，老钱没有胃口，懒得吃早饭，摸了沙发里的苏打饼干，啃了两块，又摸出一块华夫饼干。过去，老伴不让他吃华夫饼干，说有反式脂肪酸，现在，自由了，没有人管他，想吃啥就吃啥。这在童年是不敢想的，人到了想吃啥就能吃得起的时候，基本上是苦了大半辈子的时候。

春天，花红柳绿的时候，有些老人出门旅行去了。这些出门的老人在院子里看到同样出门上班的小景，老人说，你家装修的时间太长了吧，从去年装修到今年，到现在还不搞好，你看这个大院子，哪家像你们家这样。小景说，我也没有办法，你们不让搞，我只好停工，我也想赶快完工。

过了几天，小景和妻子商量，天气暖和，已经有老人出门旅行，可以尝试开工了。小景去装修公司要求复工，装修公司也不是小景家开的，说复工就能复工，过了一个多月，工人才陆续进场。小景家第二次施工。这次，老人们允许工人每天干4个小时，上午8点到10点装修，10点，散步的老人、买菜的老人回来，要睡个回笼觉。下午3点到5点，这个时间段，可以施工。小景跟装修公司商量好，投入更多的人力，趁这个时间段，集中精力，把砸了一半的墙地砖继续砸完，还有两堵墙，也砸了一半。

这个时候，老钱上楼视察，发现了一个秘密。工人在没有经过他们允许的情况下，砸墙了，小景家的工人把景校长朝南的书房给砸掉了。这还了得，这些墙体是支撑大楼的，他家砸了一个房间，楼上人家的房子就不牢固，这下子伤了大楼的元气，整栋楼变成危房。老钱吓了一跳，这还了得，他召集邻居们去院办告状，状告小景私自把大楼变成危房，要小景恢复墙体并赔偿大家的损失。

工人们起得早，干活也早。新来的工人不顾小景的劝告，吃过早饭，就开始干活。邻居们受不了，纷纷去小景家。工人的砂轮刀在磨瓷砖的边角，吵得厉害。小景接到电话，也赶了过来，陈奶奶指着小景的鼻子眼儿说，你真缺德啊，你爸爸在的时候，对我们客客气气的，你爸爸一死，你就来折磨我们这些老人，你要把我们这些老人折磨死了，才甘心吗！

小景说，陈奶奶，话不能这样讲，我也是没有办法，我儿子要结婚，房子不搞好，儿媳妇就娶不回家。总不能不让我家儿子娶媳妇。陈奶奶听了，气得手都抖起来，你小景长大了，会说话了，你穿开裆裤的时候，我在幼儿园还带过你，你那个时候规规矩矩的，怎么现在老子一死，人就变得跟魔鬼一样。我几时不让你娶儿媳妇了，你倒是说说来着。

冯部长指着小景脑门说，你小子不得了，敢顶撞我们了，你爸爸房子好好的，地砖是地砖，墙砖是墙砖，你偏偏要全部砸坏，你老子一走，你就搞破坏，你这个不肖之子。12楼的老人家喊，不得了，你们快进来看，景校长的卧室地板被撬起来，书房地板也被拆除了，小景啊，好好的地板，你真是败家子。

小景家再次停工。他家的锅炉、中央空调已经安装得差不多了。水电线全部布好。这个时候，再改道，重来，怎么可能。小景去院里的房管部门试探消息，房管部门说，整个大楼盖好到现在，没有一户人家砸墙，何况拆除一个房间。小景说，我是搞建筑的，是建筑行业的高工，这个房间的墙体不是承重墙，应该可以拆除。房管部门说，我们知道你是专家，但是，这些邻居不同意你家拆除，我们也没有办法。

小景回家跟妻子商量，怎么办？封闭阳台、窗户，都不让换新的，因为没有人家换过。妻子说，即便几十年，已经旧了，也不行吗？我们换一样材质和颜色的，不要破坏整体感就可以。小景说，房管部门说了，不行，邻居不同意，他们会闹事，出了人命不得了。你还是省省心，不换门窗算了。妻子也怕惹事，同意了小景的意见，不换门窗就不换。但是，拆除的房间恢复起来很麻烦，没有恢复的依据。这个时候，房管部门通知小景去一趟。小景去了以后，房管部门拿出一个报告书，报告书上密密麻麻的一片签名，半数以上的邻居都签了名，要求小景家恢复原来书房的墙体。

楼下老钱家墙体的大小裂缝要小景赔偿，修缮。小景拒绝接受。房管部门说，你可以找险房鉴定部门来鉴定一下，报告出来要恢复，你就恢复。小景说，报告出来不是承重墙，不需要恢复，是不是就可以不恢复？房管部门说，我们也说不准，只要邻居们不闹事，你有报告，就可以不恢复。

关键还是以邻居们闹不闹事来决定，我去鉴定有什么意思。小景想，我本来就是专家，这明显不是承重墙，高层建筑都是框架结构，房间的墙体是砖头的，不负责承重，明摆的问题，非要去鉴定，没事找事。小景嘴里抱怨，说是这样说，不出鉴定报告，小景只能再次停工。

最近，老钱没有听到装修的声音，心里舒服多了，不过，没有事情做，也无聊。他深陷在沙发里，已经两顿饭没有吃了。他的牙口好，吃了一袋干脆面，这是儿子小时候喜欢吃的。现在，他有些饿，但是，又不想动。没有一个人找他，哪怕任何微不足道的事情，给他打一个电话、发一条微信也好。他一听到手机的响声，就打开看看，希望能收到一条发给他的短信。每次都是社区民警的安全提示短信，或是通信公司的手机短信等。现在，连卖公寓的推销员都不来找他了。

很久了，这个世界没有一个人给他发信息，没有一封信，一个电话。过去，邮箱里还有银行发来的对账单，信用卡还款通知书。现在，连邮箱都空了。唉，老钱长长地叹了一口气。这年头，只有银行还在惦记他。如果没有工资和存款，这个最后惦记他的人也不存在了。他跟这个世界没有一毛钱的关系，他活着，就像悬挂在空中的浮萍，浮萍下面还有水，老钱连水都没有了。

老钱担心自己得了忧郁症。但是，他知道，忧郁症是大脑内某些组织的病变。他的身体没有病变，只是生活太无聊，整天无所事事，连一个找他的人都没有。老钱甚至有些渴望楼上的小景能弄出一点声音，只要有一点声音，他就有上门的理由。但是，小景家安静得如死寂一般，真是寂寞。

小景去了市里最权威的险房鉴定中心，他的大学同学在那里主持工作。老同学推推眼镜，点根烟，笑话他，你家明显不是承重墙，这个，你还不清楚吗。你要我们出报告，就跟你去医院要医生给你出个报告，证明你是男人一样，好笑。同学抖抖烟灰。小景摊开双手，无奈的样子。

最后，他们建议他去区里的房管部门，现在，市里不再受理个人的住宅鉴定，区房管部门有个科室受理，负责鉴定个人房产。

小景请了半天事假，去区里的房产经营公司，要求做险房鉴定。约好了时间，下周的周三，科室的两个工作人员去院办和小景家联系，大家共同协商，找一家鉴定公司来鉴定。邻居们找的鉴定公司，小景不认可，小景找的鉴定公司，邻居们不接受。都怕对方找关系，出来的鉴定报告有猫腻。

现在，区房管部门两个工作人员去了院办，他们带了一份鉴定单位的名单，上面有十几家鉴定公司，由邻居们派代表抽签，抽到哪家，就由哪家来做鉴定。小景去区房管部门缴纳了3000元的鉴定费。

交完费用，小景还是有些担心。他担心这些搞鉴定的小年轻和稀泥，既不敢担当责任，又不敢说真话。大家都敷衍，得过且过，只要不出乱子就好。

双休日，小景夫妻俩去丈母娘家吃饭。小景说，我预估的鉴定报告出来，可能是这样：此墙非承重墙，但是对房屋的整体安全有轻微影响，建议做个钢结构的横梁支撑。

这样的报告出来，鉴定工程师不要承担任何责任，又解决了邻居闹事的问题。小景家夫妻俩好说话，加个横梁也能接受。院里也能接受，算是一个比较圆满的解决问题的方案。如果能这样，他们夫妻也认了。就怕邻居们找关系，鉴定报告出来，要求恢复原样，那就麻烦了。

此前，小景的妻子已经通知中央空调和锅炉厂家结账。她觉得装修搞不下去，她很后悔当初没有听小景的话，简单维修一下，住进来。她听信设计师的话，砸墙砸地，动静搞这么大，现在，却收不了场。中央空调能拆的拆走，锅炉也是，该给厂家多少钱，就给多少，有个了断。不再继续施工，这个房子就这样报废了，要怪就怪设计师，设计师要她这样大操大办，没有经验，花钱买教训。

小景一个人扛不过这些七嘴八舌的邻居。他们都是父母曾经的同事、上级和部下。小景在大院里从小就喊他们叔叔阿姨。这些叔叔阿姨看着小景长大，看着小景娶了大院的姑娘。双方父母都是同事，叔叔阿姨做的媒。现在，这些叔叔阿姨已经是爷爷辈、太爷爷辈的了。几十年住在一个大院里，犯不着和他们斗下去。小景只好停工。

想到好端端的房子再也无法入住，小景夫妻很难过。小景抱怨妻子，你只顾装修，冲在前面。我在后面，可怜了，出了问题，院办都是找我，不找你。我现在都怕手机响，电话一来，就慌张。房子是我老子留给我的，院办来找我。你不知道，那些老头老太太怎么骂我的，我长这么大，没有给人这样骂过。这一次，给他们逮着，骂狠了，说我缺德，说我不要脸。他×的，我哪里不要脸了，我见到他们就叔叔好，阿姨好。每天早上去各家安抚，鞠躬，送水果、耳塞，还给他们骂出门，天天灰溜溜的，人不像人，鬼不像鬼的。

小景妻子说，我那天回家，忘记带门卡。楼下奶奶坐在轮椅里，在一楼跟几个阿姨聊天，她大概不认识我，我摁门铃，她穿着粉红色的上衣，一头飘扬的白发，急急忙忙从轮椅里站起来，探出上半身，指手问我，你找哪一家啊？我真怕她从轮椅里掉出来，跌倒在地上，有个三长两短，又要怪我了。

怎么办呢，既然这样，我们就彻底停工。总不能为这个事情，天天想不开。大不了，离开这栋楼，住到前院我妈妈家。小景妻子说。

半个月后，小景落魄地去房产经营公司。忐忑中，拿到了鉴定报告，内容出乎意料：此墙体不为承重墙，可拆除。

小景有些激动，他的手哆哆嗦嗦地拿着鉴定报告，报告上的红色大印，那几个黑色字体，就像是他的生死状。他出生在大院，长在大院，父亲是院子里的校长，母亲是校医，他一路上大学，进机关，顺风顺水长大，没有经历过什么风雨。这次装修风波对他来说是天大的坎坷。父母去世，没有人能帮他。他要独自面对这一堆麻烦事。现在，报告的结果出乎意料，他有些慌乱起来，明明是求之不得的好事，他的手却在发抖，给出鉴定的工程师递烟，两个小年轻不抽烟，让他不要客气。

小景飞一样开车回家，拍鉴定报告的图片，发给妻子，又发给老同学。这个建筑界的高工、专家、权威，看过无数大报告的建筑达人，此刻，却为这一纸小报告而激动。他立刻去院办的房管部门交涉。房管部门还是老话，主要是邻居们闹得凶，我们不管你。你安抚好邻居，不要出事就好。

到底能不能开工？小景丈母娘说，也难怪老人们闹事，一天连续打几个小时的电钻，我也受不了。你们想想，你们打两天，歇一天，打三天，歇两天，那段时间老钱就没有天天闹事。闹得最凶的时候，就是你们连续打电钻五天的时候。马上要过节了，过节放三天假，加上休息日两天，一共五天，你们停工五天，让老人们缓口气，节后，看看天气适合再开工。

小景妻子说，是啊，我怎么没有想到这步。这样分析，开工还是有希望的。小景丈母娘说，报告就不要贴在门上了，大家都是老邻居，贴了难看。你们干两天，歇两天，不要再停工。房子是要住的，赶快搞好，住进去就好了。最好两个礼拜就搞好。夫妻俩不语，老太太进一步说，最好一个礼拜就搞好。她看着女儿的脸，希望她首肯。女儿瞪眼说，妈，你清楚一时，糊涂一时，装修一套房子，一个礼拜就能搞好，是豆腐渣工程，我花这么多钱，不能糊自己，墙面要做三次，刷两次乳胶漆，过程不能减免。装修的事情，你不懂，就不要插话了。

小景说，还是妈妈说得对，我们尽量在不减少工序的情况下，抓紧时间完工。既然报告都出来了，谁再闹，就把报告贴到他家门上。老太太说，算了，不要跟这些叔叔阿姨计较，大家都是老邻居，再打电钻的时候，让他们到我家来，我让阿姨准备一些茶点、水果，让他们来打牌，玩玩。吃午饭也行，我让阿姨多做一些。阿姨说，街上又开了一家水西门瘦型鸭子店，买点鸭子回来，炒两个蔬菜，大家一起吃。小景说，还是妈妈想得周到，我去跟他们说。

小景把丈母娘的意思传达给老钱。老钱通知了楼上楼下的邻居，大家领了小景丈母娘的心意，嫌远，不愿意去。其实，后院和前院只是隔了一栋楼的距离，邻居们知道小景花钱做了鉴定，有些不好意思去了。如果没有装修这码子事情，前院后院都是一个大院的，过去，都是同事邻居，见了面也是客客气气地打招呼，偶尔也有往来，现在，搞得伤了和气。

家里该拆除的基本已经拆除了，工人在清场。下面，泥瓦工要进场，贴瓷砖。小景妻子吩咐装修公司的监理，所有的瓷砖一律送到外面加工，不能在家里切割。监理说，倒边的都送出去加工，切割的没有声音，你放心，我们尽量不搞出声音。

但是，老钱还是找上门来了，他看到门上包裹的塑料泡沫纸，迟疑了一下，推门进去，东张西望，希望能找点什么问题出来。工人在埋头干活，水泥灰、黏合剂、搅拌器，嘟嘟嘟又叫起来，虽然，声音没有打电钻那样尖锐，还是发出了响声，并且，才两点半，你们就干活了，现在时间不到，不许干活。

工人喊来监理，监理说，贴瓷砖没有声音，我们在家里干活，不影响邻居。怎么没有声音，搅拌水泥就有声音。监理说，下面，不许工人搅拌水泥。老钱说，三点半钟以后可以干活，现在才两点半，以后记得休息时间不许干活，不要再给我逮到。

离开小景家。老钱去陈奶奶家串门，陈奶奶家里没有人，估计下楼去了。老钱就去冯部长家，冯部长已经离休多年，80多岁的年纪，走路有点不稳，请他进去说话。冯部长家的保姆端了茶水过来，请他坐，两个老人聊起来，老钱才知道，小景家的鉴定报告出来了，书房的墙体不是承重墙。他家可以照常施工。

小景家有声音的时候，老钱借故上去看看，没有声音的时候，老钱陷在沙发里打盹。这只单人沙发已经陪伴了老钱几十年。沙发布面磨损得看不出原来的花色。午饭后，他看了手机里的一个段子，是一个儿童文学作家写的：七八年前去宁夏的一个景点，沿途风景都弄得不错，还有电瓶车接驳。可是，没有厕所。好不容易找到一处避人的野滩地，一眼望去，遍地屎尿。憋急了，没办法，捏着鼻子，踮起脚尖往里走。一脚踩下去，表层是泥土，底下是稀屎，糊了满鞋帮，恶心到极点。从此不去那些荒僻之地。

又玩了一会儿手机，都是跟老钱无关的信息。老钱在单人沙发上迷迷糊糊睡着了。迷糊间，老钱去了厕所，厕所的地面已经无从下脚，全是屎尿，墙面也糊满了屎，缝隙间没有屎的地方，脚也放不进去。老钱站立不稳，踩到墙角的屎尿上，粘了一鞋底，裤脚上也是，尿完了，老钱醒了，还有尿，又去厕所，憋狠了，尿了半天才尿干净。老钱想，能尿干净也是福气，凡事往好的地方想，现在，脚上没有屎尿，脏脏的厕所是梦境，现实还是比梦境好。老钱一会儿感到暖和和的，一会儿又感到凉飕飕的，摸摸裤子，潮湿的裤子让老钱感到越来越冷，冷得真实。他尿干净了，却是尿在沙发上，他意识到，这样下去不行，必须起来换裤子，他双手撑在沙发上，费了很大的力气，也没有站起来。

后来，小景上门送新买的耳塞。小景知道老钱家备用钥匙在哪里，他径直开了门，看到老钱瘫在沙发里，问了缘由，把老钱抱到床上，给他换了干净的衣裤，又把他尿湿的衣裤，丢进了洗衣机，放了双倍的洗衣液，调到热水洗涤挡位。小景把老钱尿湿的破沙发垫子给扔了，垫子抽走，下面有不少碎掉的饼干屑、糖纸、报纸、破烂的手提袋、糊满鼻涕的旧手帕、钥匙链子，还有小孩玩的变形金刚，乱七八糟，像个垃圾堆。小景要去丈母娘家拿个新的沙发垫过来，老钱叮嘱，不要告诉你丈母娘，千万不要说是我尿湿的。小景看了老钱一眼，点点头。够意思，老钱对小景伸出大拇指。

老钱在床上看朋友圈，没有人给他发信息。再看看儿子的朋友圈，儿子已经很久没有更新朋友圈了。抬头看看窗外，一只小鸟也看不见。一退休，就被世界遗忘，确切地说，是抛弃。过去拥有的一切，不复存在。

晚上八点多钟的时候，老钱在床上饿醒了。大院食堂已经打烊，他像往常一样，去街上的那家老饭店。饭店老板娘知道他喜欢吃什么，直接问他，上个牛腩素鸡煲啊？老钱说好，再来碗饭。饭店生意真好，服务员端了盘花生米、咸菜过来，这是饭店赠送的，每桌都有。老钱还能吃动花生米，咸菜也能咬几口，再吐掉。老钱东张西望，他想看看，有没有像他这样的一个人，如果能遇见上次的那个女人，再和她拼一桌，一起吃个饭，他愿意再点一个398元的鲍鱼炖老母鸡。那顿饭，真是美好，他回顾整个大厅，看不见一个独自吃饭的人。

饭后，老钱看了一会儿电视，没有什么好节目。真是无聊，老钱又在沙发上迷糊过去。这次，他看见老伴的一瓶香水，老伴洗过澡出门的时候，总是会往脖子上抹点香水。楼上的小景和儿子在操场上踢球，两个小家伙跑得飞快，老伴和小景的母亲从医院下班。她们腰杆挺拔，儿子活泼天真，圆圆的笑脸。突然就长大了，去了美国。唉，老钱在机场的匝道边，接驳车来了，老钱醒了，叹气。老钱觉得，人生怎么这样短促呢，还没有过够，突然就奔老年去了，他心里觉得自己还年轻，好像什么事情都能干的样子，突然就什么也不能干了。衰老的一个特征就是精神涣散，想好要做的事情，两秒钟就忘记，突然被眼前的另一个事情取代，眼前的事情再被另一个事情取代。过个一天半宿，又会突然想起来。更多的时候，就彻底忘记了。正如儿子的同学宇安在一首诗里写的：

狼狈地老去

吃饭时，已不能实现内循环
那些无法做主的口水
酷似有问题的孩子，学会了离家出走
心里想的是三。伸出的指头
却是四。经常，左边的鞋
穿在了右边。前襟的衣
套在了，后背。回忆，成为
唯一活下去的理由。总是模仿麻雀
喋喋不休。饭前已经吃过的药
饭后又吃一次。尿意已在心头憋疯
尿，却仿佛姗姗来迟的美人
雄心天涯。腿脚咫尺
喜欢冬天的太阳
胜过曾经爱过的姑娘

这该死的老年，老钱真是不甘心。他天天仰躺在沙发上消磨时间，迷迷糊糊，他希望有些事情发生，这些事情跟自己有关联。他梦见小景下班，来房子里送地板。老钱听到动静，上楼去探视，看到小景，老钱说，小景啊，你家工人砸墙的时候，把我家墙体都砸出好些裂缝了，现在，我不要你赔偿了，做墙面的时候，喊你家的工人顺便把我家的墙体也出新一下，出新的费用我来付。小景有些恍惚，小景说，钱叔叔，你家的墙就是我家的墙，你放心，我一定会让工人把你家墙体做好。

新来的贴瓷砖的工人根本就不把小景的劝告当回事，他们觉得小景架个眼镜，说话斯文，指挥他们干活，没门。他们戏弄他一下，是很简单的事情。小景反复跟工人交代，这些瓷砖很贵，几百块钱一片，挨墙根码放整齐，不要尖头朝下，不小心碰坏。话音刚落，工人的裤脚就不小心把瓷砖碰倒，碎裂成几半。一转身，又碰碎一片。七点多就干活，瓷砖倒边角的声音尖厉、刺耳，邻居们受不了，纷纷去小景家。工人的砂轮刀在磨瓷砖的边角，满屋子粉尘。小景接到告状电话，急忙赶了过来。

大家你一言，我一语，纷纷指责小景。景校长的东西一点都不留，整个家被拆得不像样。看来，小景对父母一点感情都没有，父母的东西，一点都没有留下，留点旧物，好歹是对父母的一个留念。老人们在大院里，看着小景长大，没想到，老子一死，他就翻脸不认人，把家砸成这样，连带邻居，无法安宁。

11楼人家的儿子60多岁，吃低保，顺带啃老。他指着小景脑门说，就数你混得好，我们都不如你混得好，我们家的房子没有装修，不是一样娶媳妇生儿子，这个大院，没有哪家像你家这样，砸个底朝天，就你家要砸光，你是成心要把我老妈气死，小心我找你算账。他撸起袖子，一副要揍人的架势。

一屋子邻居在指责小景，像开大会一样，包围了一圈。小景往后退，退到大门外。小景脾气好。可小景脾气再好，也经不住这样的折腾，他急了，脑门开始冒汗，口吃起来，哆哆嗦嗦地往后退，手指着这群邻居，不是我要砸的，我告诉你们，你们不要怪我，我不想花钱搞装修，凑合一下，能结婚就行了。我老婆不肯，是我老婆要砸的，我压根就不想搞装修，我老婆天天在我耳边啰唆，我也没有办法。小景开始挥舞手臂，我他×招惹谁了，都是我老婆要我干的，我什么都不想干，我想天天在家睡大觉，你们要闹，找我老婆去闹，我他×就想在家睡大觉。

小景按下电梯开关，准备逃跑，电梯停在17楼，迟迟不动，估计有推轮椅的人在里面，电梯要好一会儿才能下来。邻居们追出来，堵在电梯口，情急之下，老钱伸手拦住那些围攻小景的人。老钱说，不要动手，要讲道理，是工人瞎搞，不是小景。小景说，我马上跟工人讲，一大早吵到你们，不好意思。小景道歉，给邻居们作揖。

11楼人家的儿子冲过来，你还晓得不好意思，我他×忍耐你好久了，他挥起拳头打在小景头上，骂道，老子让你跑，跟着又一拳，打在鼻梁上。小景一个趔趄，鼻子被打出血。打人者的膀子再次挥过来的时候，小景低头闪出人群。打人者兴起，追过去，老钱被他的长腿绊倒，邻居们惊呼起来。那人好久没有这样痛快打人，这会儿打得过瘾，一鼓作气，跳过老钱的身体，再次挥拳，把小景打倒。小景在地上残喘，鼻血滴滴答答，掉在老钱身上。他想爬起来，冯部长弯腰去拉他。几个邻居去扶老钱。陈奶奶吓得不住地往后退。老钱在地上挣扎了一下，小景转身抱起老钱，摸出手机，拨打120。

打人的11楼人家的儿子被邻居们推到一边，保安过来把他带走。小景没有内伤，当天就出院了。老钱的儿子着急，回不来，让小景去办的住院手续。小景的妻子有些不过意，她觉得是自己家装修连累了老钱。小景心中对妻子有股莫名的怨气，但是，想想，一辈子没有住过新房的妻子，想装修一下也不过分。想到此，他每天跟在妻子后面，给老钱送吃送喝，帮老钱擦洗身体，就当是自己的父亲。父亲走得快，小景没有这样伺候。想到父亲的一生，老钱的一生，人生就是这样，遇见了，相互搀扶一把，混沌一时，就过去了。

归　巢

　　望着楼下朝南的小路，小芳的母亲没有看见她过来。等了一会儿，还是没有。母亲开始不安。

　　换上牛仔裤和运动鞋，小芳的脚底就像安装了弹簧。她身心雀跃，在门口和母亲道别。母亲听到她下楼的脚步声，像在跳踢踏舞，转身把房门关上。母亲弯腰，把门口凌乱的鞋子随手整理好，快步走到阳台，趴在窗口，等小芳欢跳的身影出现在小路上。

　　往常这个时候，母亲站在楼上的窗口，向下俯视，会看见小芳像一只飞行中的金龟子，在树枝与花叶间消失。她在树丛中穿梭的影子，叫母亲感慨，终于长大成人，要单飞了。母亲的头发已经夹杂了不少的白发，到了该对孩子放手的时候。

　　母亲想起，二楼的人家正在装修，有不少年轻力壮的男人进进出出，身份不明。装修的人把垃圾从阳台丢到外面，饮料瓶子、废旧水泥纸、碎板子、快餐盒的白色泡沫悬挂在冬青树叶上，格外醒目，低矮的植物叶面喷洒了银灰色的油漆。

　　小芳从楼上下去的咚咚脚步声，是一串丁零作响的铃声。这铃声对母亲来说，是一个生命对另一个生命的注视；对陌生男人来说，却是吸引和诱惑。她怀疑他们的不良动机。他们是否会躲在门后，当小芳下楼路过的时候，打开门，快速地把她俘虏到门后。每一个母亲的心里，住着一只守护自己孩子的老虎，当她意识到孩子身边出现危机的时候，她心里的老虎会蹦出来。小芳的母亲觉得，需要和小芳的手机绑定位置共享，就能随时知道孩子的下落。对小芳来说，绝对不行。这是大人捆绑在小孩身上的枷锁，孩子不是家长的囚徒。

　　母亲在细察冬天的小路。小路边上的丛林低矮稀疏，有一只觅食的猫咪在丛林间游走。越过丛林，是一片干枯的小草地。草地平坦，没有人能在这些地方埋伏。一支烟的工夫过去了。小芳还是没有出现在小路上。母亲不再淡定，心乱起来，这乱，只要一点星火，就能燃烧成大片的火焰。意识到这点，她的理性之冰浮现，不然，她一秒钟都按捺不住内心的狂躁与慌乱。

　　母亲转念又想，那套装修中的房子有一个中年妇女在干活，女人的存在，对男人的暴力有一定的约制。但是，谁又能保证，女人和他们不是一伙的呢？2013 年，网上爆出那个怀孕的年轻女子，假装有病，诱骗了一个还在实习期的善良护士，护士送她上楼，年轻姑娘有去无回，护士被奸杀后，被抛尸户外。孕妇就是整个行凶过程的帮凶，天真的姑娘成了恶念的牺牲品。

江林区那个下夜班回家的少妇，她在夜里两点给丈夫发短信，说她已经进入小区大门。可是，家人并没有等到她回家的身影。亲友出动，在小区各个角落寻找，直到天亮，也不见她的踪影。其实，歹徒就是住在一个单元门里的邻居，邻居在楼道里杀死她后，用酱油泼洒地面，掩盖血迹。酱油的出现引起警察的怀疑，警察顺着酱油的蛛丝马迹，在停车场的积水坑铁板下面，发现了她的尸体。邻居是赌徒，赌博输红了眼，抢了她的包，怕日后被认出来，便起了杀心。

有路灯的照亮，却不见那个活泼的身影出现，母亲开始失神。她点燃了一支烟，朝楼下的小路张望。小路的路灯明亮，能照见树叶在夜风中凋零。小芳和大山约好了，在小区门口会面。这条路，是她的必经之路。现在的季节是冬天里的大寒，白天的雾霾还没有散尽，焚烧麦秸的烟雾有些呛人。压抑的空气让人怀想春天。再过两个月就到春天，小路两边的樱花会在春天绽放。月光和花影在春风中被夜风抚碎，樱花路上飘散着樱花柔嫩的花瓣。小路变得繁芜起来，小路成了樱花之路。

小芳并没有带背包下楼。她只是在口袋里装了手机、钥匙和单元门卡。母亲没有听见小芳在楼道里呼救的声音。是否要报警呢？她的理智告诉她，在这么短的时间内报警，警察不会受理。失踪人口必须在一定时间内，警察才会出动搜寻。

母亲忽然想起小芴小时候，社会上发生的一件刑事案件。一个小孩失踪了，家长报警，怀疑楼下的邻居劫持了小孩。可是，小孩失踪的时间还不够警察出警的时限。无论孩子家长怎样苦苦哀求，警察不能感情用事、贸然出动搜查。等警察办理好搜查手续，进入楼下邻居家时，孩子的家长很快在床底下发现了小孩的尸体。楼下的男人奸污了幼女之后，杀人灭口。

那个年头，小芴的母亲在出租车里听到这则新闻后，异常愤怒。她想，如果换作是她，她会不惜一切代价，冲到楼下的人家，她不会坐等警察的指令。她会用刀，用水，用火，以及一切邪恶的暴力，促使楼下的人家开门。她将奋不顾身地冲杀出一条血路，救出她的孩子。无论事后，她将要承担怎样的代价。当然，这样的厄运和邻里关系毕竟是极少数。

尽管是少数，也足以使小芴的母亲震撼和警惕。以后，每次送小芴到外婆家上学，母亲都要提醒小芴，进门后，给我打个电话。母亲站在楼下的马路上等她，盘算她的小脚丫在楼梯踏步上行走的时间，母亲一边眺望她进入的楼道空间，一边在数楼梯踏步有多少级，差不多进入家门了，母亲的手机还没有响起的话，她就打电话过去。一分钟都不能等待。小芴多数时候，能及时给母亲回电话，也有忽略的时候。比如手上忽然接到一支雪糕，急忙往嘴巴里送去，她就忘记了打电话的事情。这个时候，母亲就打电话去追问，小芴接到电话，奶声奶气地告诉母亲，她到家了，在吃雪糕。她才放心离去。

冬天的小路干净，清晰。路牙弯曲的线条似湖水般优雅明净。路灯的灯光照在光秃秃的树枝上、迷雾中，树枝的阴影落在地面上，形成了一幅剪影，像一幅铅笔画铺展在地面。往常，这个时候，小芳出现了，从楼上看下去，她穿着金色的羽绒棉袄，在光秃秃的树枝上雀跃。但是，今天没有出现小芳的身影。

母亲想起了小芳口袋里的手机。现在的孩子，很少及时接听父母的电话，他们以各种理由拒绝别人的召唤，当他们需要召唤别人的时候，他们才主动打电话出去。他们是二十世纪末的城市独生子女一代，他们从小就被两代人众星拱月一样关照着，却从来没有机会去关照别人。他们长大了，甚至成年后都不会关照别人，他们来到这个世界，就失去了共同成长、相互关照的机会。他们比任何一代人，更多地品尝着孤独的滋味，对孤独最好的奖赏，是以自我为中心。

小芳就是一个这样的孩子，母亲劝说过她多次，要及时接听电话。她偶尔接一个，基本还是老样子。比如，她在电影院里看电影的时候，绝对不会接听电话，哪怕母亲焦虑无比地等候到下半夜，她也不会接她的电话。她觉得母亲就是一个神经病，整天盯着她，总是担心她失踪，以此，达到控制她的目的。在时间上、生活细节上，处处想控制她。再说，她都大学毕业了。母亲文化这样低，只有智商低的人才会失踪。哪天，要是母亲自己失踪了，那才好玩，想到此，她忍不住偷笑起来。

当小芳明白，拒绝接听电话，会导致母亲的焦虑、神经质的时候，她给她发短信，用短信和母亲联系。她认为看电影的时候，接电话是不文明的行为，这样的行为，绝对不会在她身上发生。只有母亲这个年纪的人，才会不管他人的目光，旁若无人地在公共场所、电影院、美术馆、博物馆大声喧哗，接电话。

而母亲就是不愿意发短信，总是一个电话打过来，霸道地响半天，不论你在做什么，都要及时接听她的电话。无非是到家了没有，还在学校里，是否回家吃晚饭等一系列无伤大雅的废话。正因为此，她才把手机设置成静音，后来，就把母亲拉黑了。

这一次，小芳依然没有接听母亲的电话。母亲不知道自己被拉黑了。手机铃声显示是接通，然后挂掉。其实，母亲给小芳打电话，还是慎重的，她知道她会反感，她才克制着自己。特别是她和男同学约会。母亲的电话无疑是一种监视，这个年纪的姑娘，对于家人的关心，有些过于敏感了。正因为母亲竭力回避电话引起的反感，母亲才没有在第一时间给她打电话。如果打通了，她会发脾气，怎么刚下楼，电话就追来了，烦不烦。

外面开始下雾，灯光下的小路愈见模糊。空气中夹杂着焚烧麦秆的味道。母亲咳嗽起来，她关上窗户，再次拨打了小芳的电话。电话是通的，但被直接挂断。母亲益发担忧起来，她决定下楼去看个究竟。

一楼的人家是对小夫妻，有个刚会走路的孩子，乡下来的父母亲在家里帮着他们带孩子。三楼的人家是一个独身女子，五十多岁的年纪，已经不打算结婚。她刚搬家过来的时候，去小芳家串门，动员小芳的母亲和她一起参加活动。来找她的人不少。二楼的人家最可疑，装修的人多。

想到此，母亲换上小芳的旧运动鞋，拿了一把老虎钳，藏在棉袄夹层里。此刻，她的心里有一头母性的老虎在咆哮，老虎狂躁不安，仿佛要掀翻整栋楼宇。她一口气，冲到了二楼人家的门口，克制着自己的愤怒，节制地敲门，防盗门是关闭的，没有人应声。

敲了一会儿，没有反应，她着急起来，一只膀子挥舞着，像老虎的爪子，开始猛烈地敲打防盗门。还是没有回应。想到小芳被捆绑在里面，她用脚踢门，一脚比一脚用力。她内在的力量，似乎想要把门踢翻。猫眼折射出的灯光告诉她，这屋子里是有人的。可是，屋子里安静得没有一点声音。小芳，她在门外大叫，小芳，你出来，跟妈妈回家。

忽然，她想起来，小芳的手机是接通的，如果她没有设置成静音，如果她在屋子里，她一定能听到手机的铃声。她开始拨打小芳的手机，在刚才拨打的记录里，重新拨打出去，这样就不需要输入十一位数字。电话总是拨错，越急，越拨错。总算拨对一个，小芳的电话接通，传来熟悉的小鸟的铃声，又突然断线。母亲万万没有想到，小芄会把她拉黑。她把脸贴在门上侧耳细听，屋子里安静极了，没有一点声音。小芄一定是被那些装修的人堵住了嘴巴，抑或是被捆绑，失去了反抗的能力。

她发疯一样地朝门上踢打，她相信她的小芄是活着的。这么短的时间内，她发现了她的失踪，他们一定还没有来得及处置她。他们一定很慌张，把她藏在屋子里的一个角落里。这样想的时候，她掏出藏在棉袄夹层里的老虎钳，朝门上使劲戳去。猫眼被砸下来，她踮起脚尖扒在门上，可以看见这户人家的客厅，灯火通明，可是，房间里却是黑暗的，没有一点声音和人影。如果小芄被藏在厕所和厨房，她从猫眼里是看不见的。铁门，坚硬，老虎钳使不上力气。

她想回家寻找新的工具，却怕这一走，小芄被屋子里的坏人劫持走，抑或遭遇不测。只要她寸步不离地守在门口，一时间，对方也不敢贸然对她下毒手。

三楼的女子听见了她的喊叫，打开房门一道缝，探头探脑。发现是小芄的母亲，推开了门，下楼来，打探情况。她拍着她的后背说，小芄妈妈，不要着急。我来看看，到底人在不在房子里。她踮起脚尖，窥视门内，门内不见一个人影。听说小芄失踪了，她在征得小芄母亲的意见后，给110打电话，110问清楚确切地址后，告诉她，一会儿就到。她给物业打电话，物业没有人接电话。

小芄的母亲交代她，你在门口守着，不要让他们把小芄劫持走。女人使劲点头，大眼睛在楼道中闪闪发亮，孩子般无邪地说，你放心，我一定用身体堵住他们逃跑的路，帮你救回小芳。说完，她伸出双臂，堵住铁门，呢喃自语，小芳，我和你同在。

　　厕所里，拉屎的男人慌忙拉上裤子出来开门，问她，什么事情打门。她问，你看见小芳吗？小芳是谁？一个大学生，她妈妈找她，她不见了。没有看见，我拉肚子。拉肚子要吃黄连素。拉得厉害，吃啥拉啥。吃易蒙停。男人的肠子在奏巴赫，一脸迷惑，他不知道易蒙停是什么，肠子又有了强烈的抽搐。女人看见男人痛苦的表情，整个屋子，到处是水泥、黄沙、石膏板，独不见人影。女人说，其他工人呢？他们出去吃饭了，我拉肚子。男人忍不住，又往厕所疾走。女人转身回家，想找黄连素。

　　小芳的母亲一口气冲下楼，往大门口跑去。她丢了怀里的老虎钳，像飞起来一样迅猛。她需要借助男人的力量，对付这些凶残的歹徒。她的一只脚刚踏进门卫室，"砰"的一声巨响，霎时，她本能地跳起来，抱头往回跑。她的脚步还没有迈开的时候，就看见一团巨大的黑影朝她飞撞过来，速度之快，只看到一个轮廓——一个年轻女子，横躺在斜冲过来的轿车的前挡风玻璃处，轿车的引擎盖下面，卡着一辆轻骑，纠缠在一起，箭一样，朝远方飞去，越过母亲的视线，不见了踪影。

　　几十米之外，轿车终于停了下来。引擎盖上的女子，却被甩出更远的地方。我的天哪！我的孩子啊！母亲尖叫起来，朝女子倒卧的地方奔去。脚下却被什么绊了一跤，失足摔倒。母亲躺在地上，试图翻身爬起来，腿在打战，支持不了身体的愿望。母亲眼睛一黑，心要跳了出来。

母亲像只四脚朝天的甲鱼一样乱踢，总算在地面翻过身来，趴在地面上，比起躺在地面上，是一种本能的自我保护。人在任何时候，视力总是搜寻眼睛下面发生的事物，很少仰脸去看天上的事物。她的脊背使得她的胸口感受到一丝被保护的安全感之后，她想尽快站立起来，腿却不给力量。眼镜不知道跌在哪里？她在手臂可触及之处，四处摸索着，试图找回自己的眼镜。夜晚的地面是平坦的、粗糙的，有一些糙手的沙粒，在指尖滑过。近视眼的人，丢了眼镜，顿时乱了手脚，摸了一会儿，才摸到眼镜。

迷雾中，她看到一个年轻的小伙子，掏出了手机。他的装扮，一看就是对面大学城出来吃夜宵的学生。他就是小芍说过的大山吗？母亲没有见过他。

他打电话，告诉110，这里发生了一场车祸。110问他车祸现场的位置。在学校南大门外的教工宿舍门口。他转过身，身边还跟了一位年轻的姑娘，姑娘刚刚目睹了这场车祸，吓得在他怀里哆嗦。110在问他肇事车牌号码。他的左手揽着姑娘的腰，弯腰去查看肇事汽车的牌照。

这对年轻人没有看见倒卧在地上的母亲。他们朝受伤的女子奔去。司机在极度的惊吓中，坐在车内发呆。等他清醒过来，才打开车门，走到车祸中受伤的女子面前。女子侧卧在地上，叫，大喊，没有人能听清楚她嘴里发出的声音。司机这才开始给 120 打电话。

大学生和怀中的姑娘看到受伤的女子，掏出了自己的手机。伤者试图自己拨打电话求救。看到伤者还能打电话，这对年轻人转身离开了。姑娘的手还在颤抖，大学生牵着她的手，他们转身，拐到没有人迹的自行车道上，朝学校大门口的一家烤肉店走去。

烤肉店灯火通明，没有回家过寒假的一些学生，在这里吃烤肉。他们挑了一个靠窗口的安静角落坐下。姑娘的脸，被夜风吹得通红，心口还在扑通、扑通地狂跳。她还没有从先前的惊吓中缓过神来。

服务员拿了菜单过来。大学生和她点头招呼，似乎认识她的样子。他让姑娘点自己喜欢吃的。姑娘在减肥，不敢多吃，象征性地点了一份烤肉。这对年轻人是这所大学的学生，在不同的专业学习。他们高中同班，并没有谈恋爱，尽管大学生很喜欢对面坐着的姑娘，姑娘也明确地拒绝了他的求爱。但是，并不妨碍现在的年轻人，聚在一起谈些什么，吃些什么。他们吃得随意而放松。

两人说笑间，从烤肉店门口进来一个高个子男人，正是大学生之前说过的高等数学课的任课老师。老师径直走到烤肉店的后场。后场的窗户是打开的，里面已经吵得一团糟。被子、衣服，被烤肉店的小老板往外扔出去。小老板的父母亲在拼命阻止，似乎无济于事的样子。老师一把抱住了小老板，低声吼道，你疯了，忘记是咋来的，你小子混得拽了。

大学生说，我的托福已经考了三次，每次都是80多分，也不见长进。那天，我爸爸带我去见中介，中介推荐我上一个班，这个班能包我考到90分，如果达不到90分，中介不收钱，达到90分，中介收一万元。

姑娘说，你永远也不要考到90分。两个人哈哈大笑起来。你蛮能帮你爸爸省钱的，她打趣他。他说，是的，中介走的时候，轻蔑地看了我一眼，那个眼神，充满了鄙视。前天晚上，我在家玩游戏，玩到晚上十点，还没有看书。爸爸看见我玩游戏，进来问我，打算几点看书。

你怎么回答他？姑娘想知道。她的爸爸从来不这样问她，她是学艺术管理的，画架子放在画室里，就是难得进去画画。她从昨天早上起来，一直在看电视剧，韩国的《来自星星的你》，眼睛都没有眨一下。虽然，她心里有些胆怯，她明白，一天十几个小时的时间泡在韩剧里，不是正经事情，可是，韩剧里的男二号，太帅气了，他是天外来客，是外星人光临地球，他的爱情，是多么值得期待。这样的韩剧，一看就不可收拾。母亲陪她一起，看过两部韩剧，母亲看的时候，比她还要没有自制力，母亲看韩剧的时候，一集连着一集，觉都不睡，看通宵。她再看的时候，心里坦然多了。母亲被她变成了韩剧的俘虏。

但是，母亲是狡猾的。她在看了两部韩剧之后，再也不肯看第三部了。她说，我已经放纵过自己，不会再深陷其中。韩剧是多么浪费时间的游戏，浪费时间就是浪费生命。我的时间是用来挣钱的。以后，任凭她把 iPad 充好足够的电，把韩剧打开，递到母亲手上，她也坚决不看。她说，你陪我看一会儿，就两分钟，看一下，这个男二号怎么样。母亲只好坐下来，眼睛似乎在看，却什么也看不进去，两分钟一到，就站起来走人。她问她，长得怎么样？她说，很好，帅极了。彼此都知道，她根本就没有看进去。母亲有时会看"爸爸去哪儿"，看"非诚勿扰"，都是有一茬没一茬的，随意的样子，她坚决不看韩剧。

　　他们想点两瓶可乐。可是，后场的打斗还没有结束。大学生自己站起来，去吧台拿了两瓶可乐。回到座位上，他接着说，我爸爸夜里两点钟起来上厕所的时候，发现我还在玩游戏。第二天，他和我进行了一场严肃的谈话。你们谈了什么？姑娘有些好奇。我爸爸说，你要是男子汉，说话算数的话，请你遵守你的诺言，该几点看书就几点看书。你的托福成绩考来考去不见长进，第一次考 80 多分，第二次还是 80 多分，第三次还那个死样，你叫我怎么能够看得起你。希望你自重，不要再让我失望。

　　你爸爸没有打你？没有，他知道，现在，他已经打不过我了，所以，他早就收起了打人的游戏。不过，话说回来，要不是他过去打我，下手那么狠，我也不会和你考上同一所大学，现在，也就没有机会和你一起坐在这里。我可能会和那些考得很差的同学在街上打架，搞传销。或者，在我们学校隔壁的汽修学校上个班，学个手艺，到4S店修理汽车。我还是感谢爸爸那个时候管我管得厉害，不然，我不会有今天。

姑娘说，是的。上高中的时候，以为考上大学，就能快活了，哪晓得，还是快活不了，还是要考试，要绩点。还没有毕业，就要考托福，考GRE。人生啊人生，何时才是尽头。

连续看了一周的韩剧。昨天晚饭后，我又在沙发上，一口气看了几个小时。爸爸突然跑到我的画室说，他要画画。妈妈也跟进去说，她要画画。他们两个就飙上了。一个在画板上画画，画帆船和大海。一个在书桌上画画，画南美花卉。他们都是没有拿过画笔的人，还以为画画是简单的事情，结果，画得一团糟，笑死人。

你父母是在逼你画画。你以为他们真的想画画？但是，他们画的时候很开心，还不停地吩咐我拿颜料，妈妈竟然连白色的颜料都找不出来，最后，她说她画的是印象派，是文人画。她连画得像一点都做不到，还画得一头劲，难道真的是在演戏？糊弄我？

当然是在做戏给你看，看你还好意思，啥也不干，整天猫在沙发上，一集连着一集地看韩剧。我确实不好意思再看韩剧了。我也坐到了画架前面，开始画一幅画了好久还没有画完的画。姑娘说完，吐了一下舌头。

大学生狡黠地笑起来，你上当了。他朝女服务员招手，又要了一份烤肉。姑娘问，你好像认识她。是的，我们认识，她是我的学姐。他凑近她的耳朵低声说，她正和这家烤肉店的小老板恋爱。虽然，小老板连中学都没有上过，但是，长得帅，有钱就有戏。

早几年，小老板一家在东北卖早点，包子，稀饭，大饼啥的，一个月忙到头，刨去一家三口的吃喝，只能挣到五百块钱。我们上大一的那年夏天，他们一家来南方旅行，看望在大学城教书的兄长，去大学城的农贸市场溜达。发现南方的菜市场人真多，大早上和下午人头攒动，看得出来，这里的生意一定比北方好做，合计了一下，就不打算走。东北老家，家徒四壁，没有什么值钱和牵挂的。他们在农贸市场租了一间小格子，卖大饼。几个月过后，赚了一些钱，就换到我们学校外面的饭店，开了这家烤肉店。

我以前经常去吃他家的大饼，比我们南方人做的饼好吃多了，有咬头，烤得香。烤肉店做我们学校的生意，中午、晚上，两场。小老板以前在北方跟着父母四处流浪，摆地摊，做生意，卖早点，没有固定住所，也没有好好上过学，大字不识几个，跟外界没有什么联系。学姐偏偏看上他，觉得他忠厚、老实，比较靠谱。

才不是，看上他长得帅，他长得跟韩剧里的男二号一样，甚至还要帅气。我以前怎么没有发现，早知道，我就常常来吃烤肉了。他笑起来，看来，我今天没有带你白来，你还是有收获的。学姐是他们东北人，喜欢帅哥。常来吃饭，一来二往，对上眼，恋爱了。父母亲在后场间忙碌，采购、配菜，中午和晚上跑堂、上菜；收钱由小老板和学姐负责。一家人起早贪黑，一年辛苦下来，赚的钱，刚刚付了一套房子的首付。

你怎么这么清楚人家的事情。姑娘有些不耐烦，她现在不关注别人，也不关注自己，只关注帅哥。他却不这样想，出来一场，就是想拖延和她在一起的时间。他想和她多待一会儿，没话找话。他意识到她的不耐烦，把电视遥控器拿来，调频到《我是歌手》节目。现在出场的歌手是邓紫棋，她在唱《我要我们在一起》。这首歌唱得正符合他的心意，他向她推荐道，她唱得多好。她说没有原唱唱得好，她唱得有点慵懒、神经质。原来是范晓萱唱的，范晓萱唱《我要我们在一起》的时候，唱得魅惑而撒娇，好像是真的在一起，等唱到最后"不像现在只能远远地唱着你"，忽然发现，他们原来是不在一起的，范晓萱的处理，更有感染力。

但是，邓紫棋不能完全模仿她，她需要创新。他解释道。学姐过来，给他们送了一份水果，冲她笑笑。她跟她点头，表示领情。电视里黄琦珊出来了，很有气场、很有范地在唱《爱的力量》，唱到哀怨的地方，他们听到后场间"嘭"的一声，大概是堆放的啤酒碎裂，他站起来去看。她有些奇怪，他悄悄告诉她，是小老板在和父母亲斗架，这个男人脾气大。

你怎么知道这么清楚，姑娘笑起来。我从小就爱管闲事，绰号曰：包打听。正准备转学法律。我们系里的同学都知道这个故事，不少女同学，都羡慕着学姐，希望将来能留在这里，不要回老家。

他接着说，学姐毕业，也不找工作，忙着和这个小老板结婚，住在学校附近。你看她的肚子，可能有了宝宝。他们赚了些钱，父母又开始想念北方老家的闲适，那里的冬天，窝在炕上不出门，歇几个月。来年的春天，才出去做几个小生意，虽然日子过得结结巴巴，但是，悠闲，自在。

学姐和小老板不肯回去。到了大城市，看到这里的繁华，自己也能独当一面赚钱，还指望将来孩子能有个固定住所，好好读书。小老板是打死不愿意回老家的。父母亲却执意要走，他们经常吵架。

看到小两口日子过得繁忙甜蜜，父母亲有股莫名的失落，抑或是思乡，叫来北方的兄嫂，劝说小老板。北方来的兄嫂，看到晚间的银子大把收进，不仅不劝侄子回老家，竟然也红了眼，要留下来租店面，开饭馆。

根源在于我们老师，先行来南方教书。他把自己下了岗的、没有固定职业的兄弟姐妹都带了过来，混日子。我们老师说，南方的日子比北方好混得多，南方人讲道理，守规矩。只要肯吃苦，赚个糊口的钱，要比北方轻松得多。到处是黑黢黢的人群，随便烙两张饼，就能卖掉。

烤肉店的门口，又进来一对下晚自习的年轻情侣，看上去，还在大学附中上学的样子。大学生无话找话地问姑娘，你猜我们班上高中期间谈恋爱的，现在还剩几对？姑娘想了一下说，差不多全部吹了，没有一对是成功的，真是令人失望。大学生笑起来，真好，他们失去了，和我一样，归于零。

姑娘有些耐不住，站起来想走。大学生不想走。他想和她多待一会儿。看到她标致的小脸，他心里融化了一般，他伸出修长的胳膊，放在她肩头，把她摁坐下来，再坐一会儿嘛，请你出来一趟不容易，我马上要出国留学，更难见到你。去澳洲留学，只要有钱，什么学校都能上。姑娘听出来，这是大学生在给自己考不好英语作铺垫，他在自我安慰，给托福考不到90分做准备。但是，她不表态，不嘲笑，也不调侃，她狡猾地藏在自己的壳子里，审时度势地笑一下。她知道，劝自己的同学好好学习，是最傻最讨厌的人，她自己也讨厌这样的人。

　　一阵救护车的铃声从烤肉店的窗外急促传来，显然，是刚才那场车祸中的受伤女子，被拉往医院救护。大学生和姑娘会意地看了对方一眼，他们都意识到这点。姑娘看了一眼墙上的钟，他们已经在这里待了差不多一个多小时的时间。大学生看出了姑娘的眼神，再勉强她有些为难。他说，我们撤。

　　两个人沿着夜色中的人行道走去，他要送姑娘回家。现在是寒假，他没有回家，心里惦念着姑娘，参加了学校的田径队集训。他想在春天举办的青年运动会上，代表学校拿一个名次，这是他假期的训练目标，也给未来的升学，增加一个砝码。

　　他们走到一片树林的时候，大学生放慢了脚步。他不想离开她，多么可爱的姑娘，像布偶一样乖顺。他抬头看天上的月亮，月亮儿弯弯，像姑娘弯弯的眼睛。一股幽香飘来，他站定下来，伸手去摘头顶的树枝。他的膀子真长，像猿猴的手臂，轻巧地就摘下一截树枝，树枝上的一撮蜡梅花，暗香涌动。姑娘闻香，低头看着花瓣，是素心蜡梅，低语，妈妈种了一颗在花盆里，已经打苞，还没有开。大学生低头，吻她的头发，头发飘散着好闻的香气，和蜡梅花的香混合在一起，有些缠绵的意思。她意识到了，仰脸看他，他忽然伸出猿猴般的长臂抱紧了她。

她在他的怀里，是那样的娇小、柔弱，她本能地挣扎。他说，一会儿，乖，就一会儿，别动。她不动，他也不敢动。过了一会儿，他转过头，虔诚而专注，用脸碰了一下她的脸颊，有些神圣的意味裹在里面，算是告别，松开了她。

快到小区门口的时候，之前偶遇的车祸还没有清场，一圈人在围观。轻骑还卡在小轿车的头下，小轿车的引擎盖张开了丑陋的大嘴，像一个变形的禽兽，在嘲笑夜色的迷茫。

人们议论着刚才的那场车祸，车祸有多个版本，大家纷纷在猜测，夸夸其谈。有个男人说私了，这样子省事。另一个男人跳起来说，怎么可能私了，警察都来过了，这么大的事情，不可能私了的。又一个男人进来插话，那口气，好像他是第一个目击证人一样，说得有板有眼，毋庸置疑。围观的人们，相信了他的话，他越发说得起劲。渐渐地，从小区里面出来几个人，他重述一遍；从大学城出来几个人，他重述一遍。路过的人，不约而同地围拢过来。一会儿，人越集越多，他如是重述，一遍又一遍，自己就真的以为，自己是第一目击证人，说得跟真的一样了。

一个女人去年轻女子躺倒的地方察看什么，捡起地面上的一只什么物品。还有一个老人，把刚才在地面上捡到的一个手机，装进棉袄的口袋里。夜雾迷茫，本该是静谧的一条路，嘈杂起来，格外纷乱的样子。

姑娘注意到了老人捡拾手机的这个动作，但很快就忽略了老人的这个动作。她自己丢失过好几个手机。一次晚上，她在出租车的后排座位上捡过一个手机，交给司机，却丢了自己的手机。她经常丢手机。她进了小区的大门，脚底就生了弹簧，像只飞行中的金龟子。

车祸现场的重现，再次使她的心跳加速。她一下子回忆起来，刚才呈现在眼前的一幕。蜡梅的清香与大山同步消失。麦秆的烟味愈见浓烈，迷雾是这样浓重，大地与天空拥挤得没有一丝清新的空气，挤压得她格外的孤单和茫然，好像要把她从这个世界里推出去。脚底似有无数的魔鬼，魔鬼和她在夜色中追赶，魔鬼追迫她，她失去重心。失重，使她想起母亲这只母老虎。母老虎的出现，能帮助她抵御恐怖电影里那些虚构的鬼怪与邪恶的妖气。母老虎发威的时候，飞扬的双蹄能踢翻整个世界。母老虎，哈哈，她的嘴角，露出一丝笑意。不再惊惧，凄惶。母老虎尽快出现，她希冀。她开始给她打电话。虽然，她拉黑了母亲，母亲的电话是通的，却始终没有人接。

无论她怎样晚回家，母亲的电话都不会关机，母亲会一直开着手机等她。母亲这样对她说过，这个手机是联系我们的最直接的通道，我会为你永远开着，直到你进家门的时候。果然，母亲接通了她的电话。母亲解释，刚才看到一场车祸，有些慌张，总是按错键。一种久违的想要靠近母亲的愿望升腾起来，她的心里有种归属感袭来，催促她小鸟归巢。

剪刀手

　　觉寺山精神病院。病人在医生办公室排队领药。搁置领的是氯丙嗪，每日500毫克。医生看着她咽下去。搁置被丈夫陈霈林强行送到这里，经历过一番挣扎。抗争是无效的，家里出了大事，谁的力气大，谁就是家庭的主宰。

　　现在，陈霈林闭上眼睛，就看到女儿支离破碎的手腕。他什么也听不进去，作为对妻子的处置，他觉得不让警方介入，直接把她送到精神病院，是最为妥当的。没有比这更好的办法。

　　如果，不把她送到这里，她会再次伤了女儿。事情已经不可避免地发生了，虽然，她是爱这个女儿的，她这样做，一定是精神出了问题。他不想和一个精神病人有什么过多的交流。每次，看到女儿受伤的手，他从心底对妻子产生出厌倦，甚至厌恶。高考就要来临，辛辛苦苦这么多年，她的大剪刀一下子毁掉了孩子的前途。回到家的陈霈林把大剪刀锁了起来。

　　五人一间的病室，白天被集中到活动室，禁止回去，防止病人吃了药，嗜睡，夜里喧哗。长方形的活动室有一百多平方米，五十几个老老少少的女病人，白天就在这里活动。两排金属制成的长条桌子和长条凳子，分别挨坐着几十号病人。这些病人神情涣散，耷拉着脑袋，东倒西歪，像寒霜打过的一片菜地。

　　她们可以打牌，看电视，却没有人去做这些事情。有些精神亢奋的病人，吃了药，也不瞌睡，而是在走廊里来回走动。有个穿花袄的老妪，领口和袖口黝黑发亮，很久没有换洗了。她在专注地把弄门把手，拆卸掉，试图装上，徒劳而已。

　　医生办公室里，主任医生在跟搁置这个新来的病人谈话。医生问一些生活中的家常话，作为对病人的了解和关心，同时发现病人思维逻辑上的问题。在治疗和观察中，决定用药的剂量。搁置刚报了自己的姓名、年龄，门外就传来"咚咚"两下敲门声，声音节制、礼貌。搁置怀疑是其他的医生。获得允许后，门被打开了，进来一个穿黑色外套的中年女人。这个医生温文尔雅的样子，搁置想，她没有穿工作服，她不在班或者是刚下班。她来找主任谈什么？搁置竖起了耳朵。

她生着一张清秀的脸，藏青色的长棉袄掩饰不住她匀称的腰身，卷发整齐地盘起来，柔声细语。牛主任，我想和你商量一个事。牛主任看着她的眼睛。似乎得到默许。我妈妈头上长个东西，要去医院开刀，估计没有时间来带我买日用品，她放在你那里的一百块钱，还是给我自己保管，我也好自己买点东西。牛主任说，你怎么去？钱放在你那里，要是给别人摸走呢？她讪讪地说，这话也是，万一给她们摸走了，还是放在你那里。听到这里，搁置明白，原来，她是一个病人。

　　牛主任又说，我们明天就去超市买东西，你要买什么，告诉我一下。她点点头说，好。转身出门，并反手轻轻关上门。搁置想起来，走廊外，是高大结实的铁门，小鸟都飞不出去，有些无奈。

　　现在，牛主任开始问搁置。你女儿多大了？搁置说，过完春天，满十八岁了。门外又传来"咚咚"的两下敲门声。搁置本能地意识到，会不会是刚才的那个女人？果然，她又温和地走进来，脸上没有表情，身体像地面上一汪平静的水在缓慢移动。她说，牛主任，我什么时候能出去？我妈住院，我想出去，也好帮她洗洗弄弄。这里的环境，你也知道。你看，我那个房间，两个呆子，一个脚巴子臭死了；一个，又是那样的神经病。

　　牛主任笑起来说，你不给她添乱就不错了，还帮她洗洗弄弄，你出去，吃什么？她说，我有一套房子，我住在里面，自己弄。

你平时都是到你妈那里吃饭，还自己弄呢？是你自己要来的，你来治疗失眠，在家睡不着。

她说，我是自己要来的。我中午都是自己弄，晚上才到我妈那里吃。你说三个月一个疗程，现在，一个疗程到了。我原来在家还能睡五个小时，现在，在这里，睡两个小时不到。她们夜里的声音，哪里能睡着？

牛主任问她，你什么时候来的？

今年一月份来的。现在，三月底，一个疗程到了，我想出去。

牛主任在这里工作二十多年，她对每个病人的来龙去脉了如指掌，她是通过问话，来判断她们的逻辑和思维清晰程度。牛主任和颜悦色地说，你房间是几个人？

她平静地说，五个。

牛主任又问，是哪五个人？她们分别叫什么名字？

她分别报出几个人的名字，面色无奈，温和地说，我想回家。

这个事情不是我决定的，要看你哥哥来不来接你。你是想换房间吧？七号房间现在怎样了？

原来，有一个人住的，后来被撵出去，锁上了。

那你就换到七号房间。

你是这方面的专家，你跟我哥哥说我恢复好了，我哥哥才会来接我，他对你们专家的话，是重视的。

每天，都有好几个这样不依不饶的病人，找牛主任谈话，要求出院。她有些烦，忍着，血往上冲，像潮水过来，忽然，脸就红了。声调有些高亢。你什么时候能出去，不在于我，而在于你家里人来不来接你。要是你出去，再跳下六楼怎么办？

这是我的隐私，你不要说这个行吗？你上次和我哥哥说的，我在恢复期，现在，一个疗程到了，我可以出院了。

朝东的一面墙上，是一排窗户。窗户外面是金属栏杆，除了小鸟，人是出不去的。搁置扒在窗户前面，看外面的天空和犁耙出的新鲜土块。远处的树木已经翠绿，阳光斑驳地洒在土块上。

她能否出去，在于她的监护人。牛主任只是负责治疗病人。她想出去的愿望是如此强烈，搁置深有同感。她理解她的想法，自己又何尝不想出去呢？被关在这里，真是一个无法理清的谜团。真相被掩藏，有时候是私欲；有时候，是爱。搁置以自己的方式爱着陈显。同时，也担心她会继续钻牛角尖。什么叫牛角尖呢？现在，搁置自己都有些不确定。

牛主任没有答应她出院。她绝望地把目光从牛主任的脸上转移到搁置的脸上。万般无奈之下的求助目光，刺痛了搁置的心。不知道要过多久，才能见到她的亲人。搁置内心压抑愁苦。她仿佛看到自己的未来，自己是没有未来的，她已经不敢想这个问题。她在期待，期待女儿能够渡过难关，顺利高考。

搁置回答完牛主任的问题后，回到活动室。她的目光很快搜寻到那个女人身上，她试图接近她。午饭的时候，搁置主动帮护工给病人打饭，搁置把饭碗递给她的时候，刻意地对她笑了一下。想和她套近乎，搁置就坐到了她的身边吃饭。

一来二往，两个女人就这样渐渐熟悉起来。午饭后，她环顾左右，悄悄对搁置说，你想出去，要装成有病的样子，有病是正常的，没有病是不正常的。先有病，后被医生的药物治疗好。监护人来签字，领你出院。这是离开的唯一办法。不要试图反抗，反抗就证明你处在发病期，歇斯底里的发病期。医生会把你捆绑到电椅上，麻痹你的神经，你搞不过她们的。

她说，我年轻的时候，参加过南京的选美小姐比赛，得过名次。搁置好奇地问，第几名？第二名。后来嫁过一个做生意的老板。我生小孩的时候，他外面有了人。我那个时候年轻，咽不下这口气。在月子里，跑出去追踪他和情人约会。追到宾馆楼下的时候，渴极了。去小店买矿泉水喝。女店主说，你裤子后面有血。我才感到血正一汩汩往外冒，越发伤心，忍不住趴在柜台上哭起来。女店主问我要不要卫生巾，我忍不住说了我出来的原因。她很惊讶地说，你不是蛮漂亮的吗？！这么漂亮的女人在家，还出去找情人？其中的一个女店员，认出我就是电视上的选美小姐。她们不肯收我的钱，往我手里塞面包，叫我别饿着，月子里的女人，不能哭。

到了宾馆总台，查到他的房号。我去敲门，怎么也不开。后来，门开了，他把我堵在门外。我推开他的阻挡，想进去。他一抬腿，把我绊倒在地上，踢我的肚子，用手上的玻璃杯砸我。碎玻璃蹦到我的眼里，割伤了眼睛。服务员听到动静喊保安，保安把他拉开。救护车到的时候，我的眼睛在流血，听到他的那个情人在骂，小婊子，给你脸不要脸，有多远滚多远，早死早好。

半个脸被他打紫了，一根肋骨断裂，整个上身不能动，在医院躺了三个月。他说，我宁愿离婚，也不会放弃喜欢她。我就是爱她，你能拿我怎样？我有的是钱，大不了，再打瞎你一只眼睛。一只眼睛值几个钱？我赔你。找女人这点小事，闹成这个样子，不识好歹。

到了婚姻登记处，签字离婚的时候，他又变卦了。他说，这个世界上，再也找不到比你更好的女人，你是天下最好的女人，原谅我一次。后来，过了一段时间，不知道什么原因，他又找了新的女人。那个旧情人就跟踪我，骂我。还闹到我们单位，说我拆散了他们。

我一个人离开了那个家，独自生活。在街上，怕碰到熟人，怕人家问我离婚的事情。从孤单到绝望，连续几天的阴天，心情沮丧至极。那天黄昏，心里漆黑一片。我一时冲动，打开窗户。望着窗户下面的绿色植被，密密实实的桃叶珊瑚，高大的合欢树，树叶在风中舞蹈，合欢花温柔的胴体那么轻盈。大地美好，我向往美好，如果我的身子往前，低头，纵身跳下去，跳到楼下的美好世界，楼下碧绿的柔软会承接住我的痛苦。仿佛有一双手、一个怀抱在召唤我，我纵身飞了下去。

搁置奇怪地望着她，后来呢？后来，我什么都不知道了。醒来的时候，已经躺在医院里。治疗了一段时间出院。回到家后，像是做了一场噩梦，总是失眠，长期的失眠折磨人。我跟我妈说，要看看心理医生。是我妈送我来的。没有想到，进来容易，出去难。搁置在身上摸出一张皱巴巴的纸巾，轻轻拭去女人眼角的泪水，做女人，真是不容易。

女人问她，你是怎么进来的呢？搁置不语。女人继续追问。她觉得，自己说了这么多，搁置也该讲一下自己的经历。不然，就是不相信自己。目前，她是这里看上去唯一比较正常的女人。两个女人想要进一步交往下去，一个女人不能对另一个女人保持沉默。

早晨，陈显穿着睡衣，头发蓬乱地从自己的卧室里出来，往洗手间里走。她睡眼迷离地对搁置说，妈妈，你是坏人。平时，陈显动辄调侃母亲一下，她在家总是以此为乐趣。搁置故作惊讶地看着她，心里猜测，她想表达什么？搁置站在她面前，一脸期待的问号。我梦见你杀了我弟弟。陈显是严肃的，没有玩笑的意思。

搁置说，现在，家家户户都是独生子女，你哪来的弟弟？别胡思乱想的，快去刷牙洗脸。不然，上学要迟到。搁置说着，去厨房给她下馄饨。这种馄饨是海鲜包的，手工现剁的绞肉里有完整的扇贝、海虾仁。馄饨下好，捞进事先炖好的鸡汤里，撒上芫荽和白胡椒粉。搁置对自己的早餐是马虎的，冰箱里逮到什么吃什么，半块面包，一只馒头，过期的饼干。对女儿的三餐，却异常讲究。每天，陈显的早餐都不一样。高三的学生，学习辛苦，当妈的心疼，只能在孩子的食物上下功夫来缓疼。

院子里的月季已经发芽，春天，从月季的芽孢里冒出来，像一阵忽明忽暗的风。这些从冬天过来的月季，经过上年的疯长，已经蹿到一人高，要狠狠地打枝，才能开出硕大的花朵。

钟点工回老家过清明节。少了帮手，搁置有些忙乱。她在女儿吃早餐的间隙，一个人去院子里修剪月季的枝条。剪刀很大，要两只手拉开刀口，对准枝条，用力剪去。女人的小手难以驾驭这样的大剪刀，搁置不是干这种活儿的人。有些粗壮的老枝，搁置剪不动，手背被月季枝干的老刺划开了几条口子，深深浅浅的，钻心地痛。她后悔家里没有准备厚实的帆布手套。

她丢下剪刀，把剪下的枝条整理到一起，运到院子外的垃圾桶里。回到院子，准备去收剪刀，却看见陈显出来了，她的手里拿着剪刀，手指头被剪得皮肉翻开，骨节露了出来，血正从她的手指上往下流。

搁置惊恐，反应过来，冲过去，抢她手里的剪刀。母女两个人的尖叫，惊动了陈显的父亲。陈霈林从屋子里冲出来，一把推开搁置，夺过剪刀。他对着妻子咆哮，你疯了，把她手指剪成这样。搁置说，不是我剪的。不是你剪的，是谁剪的？！他一脚把她踹倒，抱起陈显，径直去了医院。

陈显的手指伤得厉害，血肉模糊。好在她力气不够，尚未剪断骨头。这样的伤势，显然，不能如期参加两个月后的高考。父亲心疼她，去学校办理了休学一年的手续。这是她内心隐约期待的，没有孩子愿意参加高考，虽然，高考是人生的必经之路。但是，陈显有比高考更重要的事情要做。她要弄清楚，母亲是怎样杀死弟弟的。

这是搁置来这里的唯一原因。她不能告诉那个女人。她需要在这里建立一些关系，尽快地适应这里的生活，就像机器需要润滑油才能运转。她知道事情的真相。但是，如果说出真相，就表明她的女儿是个失常的孩子。女儿的一生才刚刚开始，不能从一个母亲的嘴里，毁了她的一生。那么，母女两个总有一个是不正常的人。搁置想到女人先前的疑问，保持沉默，便得罪了她。她还不擅长虚构自己是精神病人，只能轻描淡写地说，那天有些恍惚，头晕，不小心用剪刀剪伤了女儿的手。

女人听完，觉得搁置确实有病，不然，怎么会用剪刀剪伤孩子的手？她试探着问，为什么要剪她的手？搁置想了想，她自己也不知道答案。她只知道，那把剪刀和十多年前的一个孩子的命运有关。她叹了口气说，这里的味道真是难闻。抬头看看坐在长条金属凳子上的人，她想，她们的衣服一定很久没有洗过了，还穿着冬天的棉袄。现在，已经是初春了，棉袄的领子和袖口，多数是耷拉着，透着油亮的暗淡的黑色。

搁置的目光开始游离，答非所问。这种状态更显得神经有病。女人同情地看着她，心想，她原来是武疯子，要小心她哪天发病，幸亏这里找不到剪刀。

窗外，一片早春的阳光，照耀着翻耕的土块，四处是工地和建设中的寺庙、养老院。这里，山的另一面，有觉寺山墓地，灵塔，是人生的一个终点。

牛主任进来，检查活动室，了解一下病人的情况。一个活泼的老人，穿着绿色棉袄，过来跟她打招呼，牛主任好，你来了。牛主任说，你好，会越剧吗？来一段怎么样？她说，会啊。来什么？低头想了一下，来段《九斤姑娘》。老人高兴地把手里的塑料茶杯放在地上，准备唱段。牛主任提醒她，放到桌子上。她快速小跑去，拿起地上的茶杯，放到桌子上。又跑回来，站定，酝酿一下情绪，进入角色，投入地表演起来。俨然，这是她的舞台。唱完，她像演员一样给观众鞠躬。搁置也像观众一样，给她鼓掌。老人转身去倒水，粉红色的塑料杯子装了半杯水。她笑嘻嘻地递给牛主任，长官，请喝水。她的欢乐和开朗，富有感染力。这是剔除了人间烦恼的纯粹的欢欣。

搁置往里走，想找个空位子坐下来。一个十来岁的小姑娘冲过来，故意碰了一下她的膀子，似乎想引起这个新来的病人对她的注意。搁置退到牛主任身边，紧挨着她，怕被她袭击。牛主任看出来，安慰她说，不会的，她们不会伤人的，她们已经没有能力伤人。会伤人的那个，在那里。牛主任指指屋子中央，那个被固定在椅子上的女人。

果然，在屋子中央一把宽大的木质矮椅子上，一位中年女人被系了活结的纱布带子固定在上面。她的模样儿周正，皮肤白皙，看得出曾经的端庄和秀气。只是散乱的黑发之间夹杂着丝丝白发，那么刺眼凌乱，显示出她超常的生活轨迹。搁置不敢直视她的目光，这目光叫人怀疑，怀疑她知道你的过去、未来，知道世间一切被时间覆盖了的隐秘事件。牛主任跟别人打过招呼，过来问她，你被捆着还舒服啊？她说，不舒服。你家儿子还来看过你了？看过了，我要回家。牛主任点点头，好，等你儿子来接你回家。

那些坐在桌子两边、没有站起来活动的人，挨在一起打盹，萎靡不振的样子，似乎永远都懒得再与人类对话。她们耷拉着脑袋、眼皮、手指、面部神经，对这个世界已经完全失去兴趣。多数人的头发散乱，黑白夹杂，俨然是梳过头的，却是梳成各种异于我们认知的样子，歪七倒八，矗立在头顶上，可以看出，梳子的齿痕。抑或到了发型师手里，就有那么几妆，是未来最潮的发型。这是她们神秘的精神世界的一次有形展示。不能否认，这样的展示，蕴含了超前的流行与审美，流露出一种极致的颓败。

她是新来的，长得和牛主任有一点像。两个女人在轻轻议论搁置。搁置听见了，是在说她。一个人，不论走到哪里，总会被人议论。这里，也不能例外。

活动室里，人体不洁和药物的味道，混合在一起。刚来的搁置有些受不了，熏得她想吐。早上吃了药，胃里犯恶心。她跑去厕所吐，厕所的尿骚味道要比活动室的味道熟悉一些，却是异常的刺鼻，她没有吐出来。她在心里告诫自己，忍受是唯一的出路，如果受不了，就是和自己过不去，习惯这里的味道，适者生存。

这里的墙壁和天花板是白色，门是咖啡色，桌子和凳子是金属灰，电视机是黑色。搁置观察得很仔细，像蚂蚁一样，慢慢移过墙壁、天花板、门窗。她有足够的时间，慢慢寻找有可能出现的第五种颜色，但是，没有。颜色的单调，无所事事，使得一天的时间漫长起来。难道，这就是慢生活？不是。一定不是。在这个一百多平方米的空间里，每一天都是重复的，像复写纸印出来一样。

搁置怀念起家里的生活。她闭上眼睛，想起家里的样子，客厅的摆设。她才感到，人的生活本来是可以很简单的。客厅里的大多数物件，都是多余的。恰恰是这些多余的摆设，给我们平庸的生活带来了美感和丰富。情感经过美的梳理而愉悦。如果不是那个早上发生的事情，如果生活能跳过那一页，也许，还会是原来的样子，日复一日地继续下去。

平时，她会抱怨生活单调，如果，这种单调是自由的，自己所选择的，现在想来，也是美好的。人的一生，有多少是属于自己可以主宰的日子呢？谁知道上天要突然在某一个早晨，给我们庸常的生活里注入一些奇思异想的念头，而这样的念头，它一直就潜伏在我们的身体里面。在万物复苏的春天，它突然醒来，突然让那个无辜的少女梦见母亲杀死了可怜的弟弟。没有色彩的弟弟，像电影胶片一样走动，跟在她后面喊她姐姐。他的眼神是那样的无助，真切，他一定来过这个世界。他的出现，一开始就注定是没有出路的。母亲用锋利的手术刀，剪断了他的脖子，把他隔离在了世界之外。

护工去了洗衣房。搁置看见后，尾随进去，她想看看洗衣房能否让她进去。护工说，你来干什么？

我来帮你洗床单，我会洗。

护工看她认真的样子，想试试她。要洗几桶才能洗完，洗完一桶，晒一桶，天气好，要全部洗好晒干。

搁置听见了"晒"这个字，心跳起来。现在，这个字包含了多么丰富的意义。毋庸置疑，等这一桶冬季换下来的被套洗好，就要晒出去。她已经久违了太阳，久违了自由的天空。她说，我会洗，你忙别的去。护工站在一边，看她操作洗衣机，很熟练的样子，放心走了。

第一桶被套洗好后，搁置去找护工，到外面晒被套。护工带着她，穿过监控室，顺利地从隔壁的小铁门走了出去。搁置走在空旷的草地上，她闻到了青草的芬芳，泥土的气息。太阳照耀着她，风抚摸着她的鼻尖，空气是流动的、清新的，有股甜蜜的味道。她大口呼吸着这样的新鲜空气，眼泪一下子冒上来。她忍住了。仔细地把每一床被套在绳子上拉直了，用夹子夹好，全部晒好后，搁置左右看看，四下里无人，忽然心生一念，可否就此跑掉？

思前虑后，搁置觉得跑掉后有三种可能：一是再次被送进来；二是远走他乡；三是证明自己是清白的，证明的结果是把女儿推到了精神病院。这三种结果都不是她想要的。她在这里听到一些病人的情况。她觉得病人是可怜的。他们的所作所为，多数不是内心黑暗，心生邪恶。而是他们看到了我们常人看不到的，听到了我们常人听不到的。他们的行为，超越了我们常规所接受的理解，甚至是侵犯了他人的生命权。

一个人的精神是否能逾越一个时代多数人所能容忍的行为底线？这是一个少数服从多数的世界。即便是这样，搁置也不属于少数的那一类。搁置想，精神上是否有病，谁来给他们界定？人类精神是自由和多元的，精神的理想阐释，是一种灵魂自由想象的状态。人类精神走向何处，是他自身的选择。精神病的界定，带有一种多数人的精神排斥少数人的精神自由的专制色彩。

以自己对陈显的了解，她是一个不会无中生有的孩子，她一定看到了我们看不到的物像，感知到了我们无法感知的事件。她多了一种我们常人无法知晓的能力，是她的过错吗？她没有错。

那个意外怀孕的孩子，如果不流掉，现在也该十六岁了。他的模样，也许就是陈显梦里见到的样子。她进入手术室的时候，给手术医生和一边的护士送了街上流行的小贩兜售的白兰花。她喜欢那个身材高挑的妇科主任，主任威仪中流露出的端庄、温和，给人不一样的信任与亲切。主任手术的时候，跟她聊天，问她早餐吃的什么，这个月奖金拿了多少，缓解她的紧张。除了肉体的疼痛以外，她在精神上一点苦恼也没有。她觉得，这样做是天经地义的。她归顺所有来自意识形态的教化，她所处的那个时代，每一个职业妇女都这样。

搁置回首自己的过去。从小就是乖乖孩子。她在家是老大。努力做家务，讨好母亲，帮母亲带大了几个弟弟。在学校，她认真学习，每学期都是三好学生。工作后，敬业爱岗，年年被评为先进分子。这样服从与乖巧的人，竟然扼杀了一条生命。她感到不安，反思自己，是的，人在犯错的时候，一定不知道这是错误的。

搁置被关在这里失去自由。每天吃那些令人呕吐的药物。吃得手发软，浑身无力。是为过失而赎罪吗？她忽然觉得，该给那个死去的孩子做十六件衣服，焚烧了，祭奠一下他的亡灵。

作为母亲，她要不遗余力地保护好陈显。她渴望有机会告诉女儿真相，请求她原谅自己年轻时的幼稚，甚至麻木。那个被无辜从母亲身上剥离的孩子，被丢弃在手术台下的便盆里。她甚至都没有试图去看一眼。一切，都显得天经地义。她年轻的身体，被刀子刮过的疼痛麻痹着。

搁置放弃了逃跑的念头。她的内心忽然有了一种罪恶感。她想，算是对自己的惩罚，一种赎罪。她回到活动室，就像从布满阳光的白昼，一下子坠入无底的黑暗。

几天以后，护工在走廊拖地。搁置耐不住了，她说，我来拖，你忙别的去。护工看看她，大概认出就是前几天帮忙洗被子的那个女人。护工把拖把交给了她。搁置拖完走廊、拖到医生办公室的时候，听到一个年轻的女医生对牛主任说，男病区来了一个新病人。他杀死妻子后，杀死儿子，把儿子砍碎了放在锅里煮。上个月报纸报道过这条新闻。他个头不高，有幻视——看见他的妻儿追杀他。

牛主任去了楼上的男病区。活动室中间，有一个牌局，打得酣畅，观者不少，围坐在一边。仿佛是闹市中的一个角落，一个茶馆的一场牌局。不少人在走廊里吞云吐雾，如日常生活般自如的样子，穿着也比女病区显得整齐。

牛主任和他们打招呼。她认识他们，了解他们，他们也和她熟络。这里的墙上，有一些选举出来的活动名单，是一些积极参加活动的病人。牛主任喊了名单上"官衔"最大的那个男人，男人应声和她招呼。她夸他表现不错。他说，是他们选出来的，为了服务大家。男人的神情看不出来有什么异样。他就是那个杀死妻子和儿子的病人。在急诊科治疗了一段时间以后，病情稳定下来，送到这里观察治疗。他是活跃的，愿意配合医生治疗的。

活动室的尽头是食堂。中午，开饭时间到了，病人三三两两挤过去打饭。一个师傅忙不过来，搁置走进去，帮师傅递递拿拿，把饭菜送到那些行动迟缓的老年病人手里。有些患痴呆症的老年病人，牙齿掉了不少，猪大排的肉咬不动，就吞下去，噎在气道里，窒息。搁置看见了，跑去医生办公室大喊，出事情了，快来人。老人被拖出去抢救了。以后遇到吃肉、吃排骨的时候，搁置会小心地给这些老年病人撕碎了，盛小块的。

她忙进忙出，仿佛是这里的工作人员。这样的感觉，给了她一点安慰。至少证明她是有用的，不是在这里吃喝等死的。她想证明给医生看，她是多么的正常。当然，由于她的正常表现，牛主任已经给她减少药物。她吃的氯丙嗪，减少到每日

125 毫克，是进来时的四分之一。

多数病人要在这里了此残生，她们无法回到社会，回到正常的生活轨道中。而搁置一定要离开这里，她要回家。她惦记着家里的女儿。院子里的花草没有人打理，一定是乱草丛生。陈显一向吃不惯钟点工做的饭菜，她一定瘦了。她手指的伤怎样了？能否恢复？恢复到什么程度？她的精神状态好吗？快要高考了，求上天保佑她，考好。身体好，更重要。

门外来了一个穿红风衣的女孩。她个子高挑，活泼，看见牛主任进来查房，热情挥手，大声招呼。哈，主任，我很羡慕你在这里上班。那是搁置听到过的世界上最真诚的赞美，没有一点做作。她说话的语气就像是别的医院来交流的医生。她今年十八岁，在家里到处撕被子床单，摔东西，打人，然后被母亲送来这里。她很活跃地在走廊里挽着一个小姑娘的胳膊，俨然一对小姐妹，从走廊的尽头，走过来，走过去，像关在笼子里的动物，不时观察一下拖地的搁置。护工出去晒尿湿的被子，其他人员的出现和消失，都使她好奇。她跟出跟进，依然对外界怀有不竭的好奇心。

那天，天空晴朗，搁置出去晒衣服。她跟踪在后面，摸了一把自己修长的直发，直发的底边是烫过的，自然蜷曲着。像陈显一样，她俏皮而羞涩地对搁置说，皮筋，皮筋没有了。搁置回头问她，皮筋怎么了？她说，断了，就等于没有了。搁置的心，倏然间，被烙铁烫了一下。

出了铁门，只见大堂的茶几上，摆放了一些简单的包裹。

一个年轻的女孩在给父亲穿风衣，戴帽子。父亲比她高一头，她踮着脚，有些吃力的样子，但是，很认真。她来接父亲回家洗澡，过一两天，再送回来。父亲衣着整齐。这个善良的姑娘，搁置为她感动。搁置一边走，一边回头看她，心里为那些永远也走不出这座铁门的人伤感。

搁置想念女儿。午睡的时候，她趴在长条桌子上，脑海里全是对陈显说的话，从这个话题，转移到那个话题。她想，陈显一定会问她在这里的生活。她就告诉女儿积极的，消极的一点也不流露。不要让她为自己的痛苦而内疚。想多了，她决定把对陈显说的话整理出来，要富有逻辑，简单，明了。不然，她听不进去。

她要对女儿说的是她在这里的感受：少数人精神的自由向度，偏离多数人的轨道的时候，少数人的生命活动受到了限制和"纠正"。

几年，几十年，生活如一日的单一。活动室和卧室的单一，像复写一样地永远重复一天。

她理解她所说过和做过的一切。这里的生活使她感到家里的生活是多么美好。感谢陈显这样的天使，愿意从天上飞到她的肚子里，选择她做母亲。她为陈显的智慧、善良、勤奋而骄傲。她们应该更加珍惜今后在一起的生活。因为，这样的生活也不会长久。会有一个命中注定的王子，把她从母亲身边接走，去做另一个天使的母亲。

忽然，窗外传来"咚"的一声巨响，打断了搁置的冥想。

她本能地跳起来，跑到窗前，只见正在施工的工地上，渣土车碾压到了一个民工。民工匍匐在地面，他的脸紧贴着翻耕的土块，越加深沉地伏贴下去，似乎要达到地表的深处。搁置知道，他的生命已经燃到了终点，他不堪承重的肉体就要沉入大地，得到安息。

这是一个人最终的出路。但是，对搁置来说，现在还早。她还没有和陈显了断缘分。她回到金属长条凳子那里坐下，坐在那个曾经的选美小姐身边。选美小姐还是没有出院。她的哥哥一家在外地生活。母亲在医院住院，肿瘤开刀。

牛主任进来巡查。演《九斤姑娘》的老人，今天给牛主任表演的是《十八相送》。牛主任出去的时候，选美小姐跟了出去，并悄悄附在她耳边说，本周让我出院，一万八千元相送。

搁置委托牛主任买好了布料。她想做十六件小男孩的衣服。这里有的是时间。她失去了和那个小生命相处的十六年时间，她要在细针慢线、精心缝制的过程中，慢慢找一些回来。但是，她忽然想，如果衣服裁剪得那么小，一定会引起怀疑，再次怀疑她的病情加重。那个流掉的孩子是现实中一切不安的根源，是她内心的隐痛。她要秘密地做那件事情，秘密，才显得神圣。况且，这里是没有剪刀和针线的。

陈沛霖没有去精神病院看妻子。他似乎有了新的女人。新的女人也已经来过家里，陈显见过。这样的事情，在以往，陈显是不会无动于衷的。但是，现在，这样的事情在她看来，根本就不是一回事。

她一直在寻找母亲杀死弟弟的真相。父亲反复和她解释，她根本就没有过弟弟。梦，不论多么真切，都不能当作真相。她不信。一个人在家的时候，翻药柜，找母亲过去的病历。病历上，她查到母亲怀孕的日期、预产期。显然，第一次怀孕的日期是她。

接着查，查到母亲第二次怀孕的时间。第二次只有尿检验单子，呈阳性。那是母亲怀孕五周的时候。后来的病历是手术单子。单子上有医生的签字。是一个女人的名字。果然有人从母亲的子宫里铲除了弟弟。

母亲在哪一家医院做的手术？这个对她很重要，她一定要找到那家医院的那个医生。她的弟弟被她们丢在了哪里？

她怨恨自己。因为有了她，弟弟注定要消亡。她的内心忽然意识到自己的存在方式，霸道而罪恶。她感受到痛苦与惊惧的同时，怀疑自己存在的荒谬。她想，有一个弟弟陪伴在身边多么欢欣。弟弟与她同时存在，就不再孤单。谁是凶手？她转而迁怒母亲。

没有关于弟弟继续存在的幻想，她迷失了，她的时间停止在这里。在那个神奇的夜里，弟弟真实的眼睛，成了时间的黑洞。

原载《钟山》2014年第2期

假　寐

　　下半夜，电话铃声骤然响起。这个时候突然来电，在这样一座南方古城的普通家庭中多不是好事。被子里的男人神经质地伸出手，一把抓起话筒。床的另一头，女人也被惊醒，却慵懒地躺在电热毯上，纹丝不动，似乎没有醒来的样子。男人说了一句，马上来。挂了电话，黑暗中，摸索着衣服。棉袄容易穿，裤子却难于分清正反。慌乱中，听到皮带头碰到木质床头柜的声音。女人说，开灯，看见光线穿过，什么事情？男人说，我妈昏迷。女人猜到八九分，叮嘱道，开车不要闯红灯，心里再急，也要注意安全。

　　女人翻过身，继续睡，再也没有睡着。她担心男人在慌乱中出错，男人有的时候比孩子更脆弱。天渐渐亮起来。女人赶到婆家的时候，丈夫给她开门。婆婆的几个儿子都到齐了，他们悲恸，情绪不稳，在客厅里等她。面对久病的母亲突然亡故，虽然都有心理准备，可是，当死亡真正降临的时候，他们依然悲戚，不知道如何是好。寿衣店二十四小时营业，在楼下的门面房。他们趁母亲的身体尚有余温的时候，给她洗了脸，抹了香，换好了缎面的寿衣。为了使母亲的脸色好看一些，他们手忙脚乱地给她搽了粉霜和润唇膏。下一步该怎么办？人在突发事件的面前总是无所适从，巨大的悲恸往往使人迷失方向。

天已经透亮，他们在期待什么，也在拒绝什么。感情是心灵的明灯，也是行动的绊脚石。兄弟几个对母亲感情深厚，在永恒的分离面前显得无所适从。这户人家一直把媳妇可染当成是外人，既然是外人，自然是冷静的。没有情感介入的事物处理起来就像正常轨道上运行的列车。她的理性告诉他们，如果按照他们的意图、一切从简的话，要给殡葬管理处打电话，叫他们来车，先把人拖走。

有人敲门，一高一矮、两个穿白色工作服的男人进来。显然，他们手里的担架和职业素养，证明他们是来搬运死者的。矮个子的男人让长子填写一份死亡报告书，长子拿着笔，目光空洞，不知道如何落笔。担架工的手指在表格上指引他填写，他却无从下笔，目光迷离，不知道写什么。问他和死者的关系，他一脸茫然，沉思一会儿，突然说，孙子。这份简单的表格，最终由可染接过笔仔细填写，签了丈夫的名字，递给担架工。

担架工把死者抬上担架，准备出门的时候。长子突然想起什么，他从母亲房间的抽屉里拿出几张百元钞票，竭力塞给担架工。担架工婉言拒绝。

他们都没有经历过给老人送终的事情。可染问担架工下面的程序，并一一记录在纸上。她相信他们，并按照他们所说的去做。她去社区开具死亡证明书。社区和殡葬管理处联系，确认可染的陈述，才能出具证明。对方却说没有来过该社区搬运死者。可染听了，心里忽然凄惶。

惯常说来，没有人会来社区开长辈的死亡玩笑。虽然没有得到殡葬管理处的认可，社区还是给焦虑的可染出具了死亡证明。死者为大，可染体会到社区工作人员对她的关照。人在出门办事的时候，有时会受到莫名的羁绊和刁难。而人死了以后，再也没有人愿意牵绊他，阻止他。人们对于离开自己世界的死人完全丧失了羁绊的兴趣，潜意识里甚至有一股假装的悲伤。一旦他离开了活人的世界，他就不再是活人关注的对象，他在人世间的一切手续，办理起来都异常顺利。

下一步是去社区医院出具医学死亡证明。可染一边往社区医院疾走，一边和殡葬管理处联系。人生总是面临没有经验的失误。可染检讨自己，却不知道错在哪里。

城区和郊区分别有几家火葬场，对尸体遗失的事件，管理处的工作人员已经汇报到上级，领导很是重视，安排具体工作的人员四处排查。他们对可染的问询极其有分寸和耐心。他们问她，上门来的搬运工穿什么颜色的衣服，长相，程序，填写什么样的表格，是否收费，开什么样的车子来，死者装在车子的什么位置等。像警察办案一般，注重可染提供的任何细节。

社区医生出具死亡证明书的时候，不断询问死者的一些具体情况：可染和死者的关系，死者年龄、性别、生前有否住院、得过哪些疾病以及死者的职业等细节。医生对可染一边打电话，一边回答他的问题很是不解。那么多病人排在她后面，等着医生看病，可她却一直在打电话。医生问她一句话，要等很长时间她才回答一句。她心不在焉，使得医生无法填写死亡证明书的内容。等待看病的老人们有一些不耐烦，他们围在医生左右两边，有些焦虑。医生看出来了，医生说，你不能等一会儿再打电话吗？什么时候了，还打电话，多大的事情，问你情况，你电话打个不停，我怎么给你出具医学死亡证明书？

银行规定，如果没有本人身份证，他人就无法代领本人存款。所以，他们必须在户口注销前取出母亲的存款。产权房过户也一样麻烦，需要按房屋总价值的比例缴纳公证费才能办理。鉴于制度的种种制约，他们兄弟几个，一个拿着母亲的身份证去银行取款，一个去买墓地，一个去房地产交易市场办理产权房过户。只有可染这个外人在处理后事。

她不敢给他们打电话，告诉他们事情的真相。在她自己还弄不明白真相的时候。这个不祥的消息显然会影响他们的情绪，忙中出乱。她打算一个人追踪到底，她去派出所报案，同时出具社区医院的死亡证明书。

在可染陈述的时间段里，殡葬管理处排查了全市所有的火葬场，没有找到死者，甚至连发车记录都没有。而可染打过去的电话，却被警察证实是殡葬管理处的电话。

警察已经介入。这个城市过去还没有发生过这样的案例。可染在警察行动之前赶到了殡仪馆。殡仪馆不像她小时候去过的那样那么可怕，有点像现在人们经常驻足的宾馆楼台。她去各个部门缴费和选购棺木、骨灰盒、花篮。跟往常出门办事一样从容，只是尽量考虑到丈夫的喜好，她在潜意识里讨好他，想把事情办得更符合他的心意。又确定明天火化的时间、遗体告别厅以及其他事项。显然，殡仪馆按正常情况处理，对所有事项极尽周到。这使可染不再惶恐。

忙完一切手续，可染回到婆家的时候，兄弟三个已经陆续回来。可染把相关证件给他们。他们没有想到，她那么快就办理好一切火化手续，心里有了些安慰。丈夫对可染说，你跑了一上午，一定很累，先回家休息。回头，他们还要处理一些其他的事情。

可染知道，她是外人，该是她离开的时候了。去哪里呢？她并不想回家。这里的居民认为去过火葬场或是墓地的人，要先去大型百货公司或商场闲逛一下，冲冲身上的晦气，不然把那些地方的鬼魂带回家不吉利。

可染眼睛睁开来的这一天发生的事情，在她心里似乎经历了那么长久，她在担心着那具遗体的下落。她走在繁华的大街上，东看看，西望望，活人的世界一切如常。而她的这一天却是这样的不平常，有谁知道呢？

她想去路边那家奢华的饭店坐下来，从先前的路径中转个弯。奢华能抚去人心头的凋零。像那些游客，轻松地坐在桌边，饶有兴致地点几个特色小菜，安然地等待服务员端过来。饭店是熟悉的，热闹的。食客却是陌生的，进进出出，像忙碌的蜘蛛在编结一张陌生的网。她唯恐落在那陌生的网里，愈发地孤单，无助。

可染忽然就失去了在这家饭店吃饭的兴趣，站起来，溜出门外。

街道两边，一家家店铺生意兴隆，店主们忙着销售自己的货物。人们用货币换取自己需要的物品。可染看着这司空见惯的场景，竟然觉得有些陌生。街边有卖小吃的，鸭血粉丝，臭豆腐干。嘈杂的人群，好像是另一个世界来赶集的人。

现在，她想安静地坐在插有玫瑰的卡式包间里。对，一定要有玫瑰。她在公交站台溜达，茫然地看着一辆辆公交车从面前驶过，人们上车，下车。年轻人动作敏捷，老人们动作迟缓。但是，他们都有自己的目的地。而她，奔波了一个上午之后，在突如其来的惯性驱使下，突然失去了下一个目的地，显得无所适从。

清冽的冷风刮来。可染的腰椎剧烈地疼痛。她想起昨天和医生的约定，下午要去理疗。这是一个好去处，温暖，放松，艾叶的香气扑面而来。她打定主意，去理疗科。可染只是偶然喝奶，缺钙很正常，拍片显示，骨质疏松，腰椎退变伴 L5-SI 锥间隙狭窄。

寒风凛冽，可染想尽快进入室内御寒。她看见医院大楼矗立在树林中，想抄近路。她熟悉这里的环境，从科学宫的停车场穿行过去，在金川河边的草地风光带，有一条小路，她试着走了过去。已经绕到医院主楼的后楼，后楼的围墙有扇小门，可染从小门走了进去。可染心里一阵企盼，不要走回头路，疾走，看见救护车的驾驶员在冲洗汽车。绕到大门正厅，终于看到休息厅的几排椅子。前后无人，坐下来，可染才发现，现在是中午十二点，医生们刚刚结束忙碌的半天。

医院下午两点上班，这两个小时的时间怎么度过？坐在冰冷的塑料椅子上发呆？这里不是发呆的地方。医院附近有什么熟悉的朋友，这个时候过去坐一坐，说一些话，时间会很快打发过去。有的时候，人们盼望时间走慢一些，有的时候却要找件差事，让时间走得快些。这样想的时候，可染忽然发现，自己刚才走的捷径，是紧挨太平间的小门，心里恍然，人生如果没有过程，岂不是最快的捷径。早年，婆婆弄丢了她的孩子。如今，她又弄丢了婆婆的遗体。生命原来是由丢失与分离组成的一串念珠。

一个老妇人在椅子前面无聊地踱步，她走到可染身边，弯腰搭讪，问她几点。可染告诉她才十二点，还有两个小时医院才门诊。老妇人挨着可染隔了一把椅子坐下，身体朝她倾斜，问她看什么病。可染说腰疼，来理疗。老妇人轻松起来，从塑料袋里抖出两块小酥烧饼和一杯茶水。显然，她没有吃午饭，这两块小酥烧饼，是这个老妇人的午餐。可染心生怜悯，问她来看什么病。

老妇人愣住了，沉默一会儿，突兀地说，我孤独。孤独，这两个字是从喉管迸发出来的，憋了气，有些跑调，音质尖锐，抽搐，神经质般颤抖。老妇人意识到自己的失态，倏然间恢复平静。来开点药，一个人在家闷出病来。可染心里一惊，关切地问，住在哪里？住在江宁。这么大年纪，该叫你孩子来帮你开药。

我自己住在江宁小女儿的房子里。两个女儿住在城里，一个住在上海路，一个住在莫干路。她们都有自己的生活。大女儿教书，小女儿是会计。我跟她们住在一起没有共同语言。

可染发现，这是一个健谈的老人。

可染的手机来电，是警察。她站起来，走到大门口接电话。警察告诉她遗体还没有找到，问一些接运遗体的细节。接完电话，可染回到座位对老妇人说，等待人家来找你，内心孤傲。

老妇人说，我是旧时代过来的人，我的性格是凡事皆需隐忍。我的两个女儿和我相反，她们像父亲，性格刚烈、叛逆。可染笑了，她忽然不想再说下去。可染理解老妇人的老死不与他人往来的哲学。

老妇人笑起来，温和地说，我的母亲是英国教会学校毕业的，父亲是医院的院长，从小家境比较好。可染流露出羡慕的神情。老妇人接着说，我的伯父是教育委员会的长官，祖父是清华大学毕业的绅士。老妇人陷入回忆，那些庞大的社会关系在可染听来，陌生又遥远。

可染注意到老妇人丰颐妙目，年轻的时候，这张面孔会是异常迷人。

早上，那个搬运遗体的男人冻得通红的手指，曾经触碰到可染的指头，在引导她填表的时候。那个瞬间，她心里咯噔一跳，就像一个男人的指头碰到她的指头一样，很快，回到释然。现在，她看看自己的手指，觉得有些陌生。她如果告诉她自己早上的经历，自己的婆婆也和老妇人同样的年纪，她会忌讳吗？至少，她不会这样从容地和她说话。

老年人惧怕谈论死亡，死亡离他们太近，谈论会带来不吉利的兆头。年轻人不屑谈论死亡，那是离他们还很遥远的事情，远得像不可能发生一样。死亡，对很多人来说，是那么陌生和恐惧。

老妇人问可染的年纪，可染和她的大女儿一般大。老妇人说，我不愿意和女儿住在一起，我们有代沟，无法沟通，我们对待事物的处理方法不一致，甚至完全相反。我女儿说，母亲五十岁的时候，就无法改变了，何况现在已经七十五岁。可染叫老妇人举个简单的事例，她想知道她们母女分歧的原因在哪里，她对她们的分歧产生了好奇。一种把触角伸进他人家庭窥视一下的好奇心促使她要评判一下分歧的焦点。这两个女人在各自家庭分别扮演母亲和女儿的角色，现在，她们知道彼此的角色，心里却没有任何的芥蒂。

可染的背后，有一个假寐的男人。不知道他什么时候坐到她们背后，这么冷的天气，医院已经关了大厅的空调。他一个中午都没有变化一下姿势，不可能睡着。

她想对老妇人说点什么，这个假寐的人的存在阻止了她。他离她们太近了，他的头已经枕到了她大衣的帽子上，她们说话的声音再小，也不可避免地被他全部听见。除非他是聋子，她倒不希望他是聋子。如果，担心一个陌生人听到自己的谈话就指望他是聋子，这是对可染的讽刺。

她还是强烈地想对老妇人说点什么，以示对她的信任。说什么好呢？也许背后的那个人根本就没有心思听别人说话。这样自我宽慰之后，可染说，就在今天，天还没有亮的时候，我的婆婆去世了，我去给她送终。而我的女儿却在一岁多刚会走路的时候，被她在大街上弄丢了。

这么多年了，我一直生活在孩子丢失的那个时间里。我在那个时间里哭泣和寻找契机，如果她现在还活着，该是十四周岁了。可染两眼失神，忽然像个抽筋的病人一样，瘫倒在椅子里。

老妇人拿出纸巾，递给她，说，再生一个，你还那么年轻，一切都可以重来。

我回忆那一天，孩子丢失的时刻，我正在给她编织绒线帽。我不晓得出去找她，真是该死，我打自己，拽自己的头发。

老妇人说，总要有一个自己的孩子，趁现在自己还能生，年龄再大一点，就生不出来了。可染说，也想过，只是放不下丢失的那个孩子。

这么多年，我不知道跑了多少幼儿园、学校、全国各地的城镇，乡村去得少，估计乡下的人不愿意要女孩。

最担心的就是被坏人拐走，简直不敢想。

你相信孩子在上学吗？老妇人问。可染想了想，相信。那好，以后，我陪你去找。教育系统，我还是比较熟悉。先去中学，她该上初中了，找初中的女生。她有什么典型的特征吗？有，可染告诉了老妇人，叫她留心。

电话突然响起。可染环顾左右，那个陌生人还靠在她背后的椅子上打盹。不知道他的年龄、身份，也不知道他是真的在打盹还是在偷听她们的对话。可染对这个陌生人有一丝戒心，潜意识里反省了一下，自己有没有说过什么出格的话？什么对自己不利的话？她从口袋里摸出手机。

电话是警察打来的，警察告诉她，死者已经找到，在她早上去过的殡仪馆。可染质疑道，为什么早上去没有，现在突然找到？警察说，你讲是八点多来车拖走的，其实是七点多，一个小时的时差，换了两个班次，白班的所有记录确实没有，夜班查到的。

老妇人沉溺在往昔中。她没有注意到可染电话的内容，也没有注意到可染背后的陌生人。可染时不时地回头看一下，看他是在偷听还是真的打盹，谁知道呢？几次回头观察，他都没有动一下姿势，他到底是什么人？

挂号处的灯亮起来，隔着玻璃，可以看见里面的工作人员，她们已经陆续上班，坐在了窗口处。窗口的外面，也陆续排起了队伍。老妇人把手里的零钱倒在病历上数数。该到排队挂号的窗口去等待了。

可染催促老妇人去排队。老妇人站起来，弯着腰，讪讪地看着可染说，我们素昧平生，却说了这么多。可染催促道，去吧，已经开始挂号了。

可染站起来，往步行电梯走去。她大步踏上电梯，电梯很快上到二楼的一半。她突然回头，心里有些想冲下去找老妇人的冲动，目光在挂号处排队的人群里搜寻她的身影。可是，那些排队的背影几乎都是灰黑色的，老妇人隐身在那些模糊的人群里，无法辨别。

电梯很快上到二楼，转个弯，就是理疗室。可染掀开层层冬衣，趴在床上。竹筒子做成的火罐，被医生熟稔地送了火苗进去，"啪"的一声，扣在可染的腰部上。火苗在罐子里突然变成黑色的未知。可染在心里猜度它的热灼，感到皮肉被火舌吸紧。

空气中，草药的香雾缭绕，模糊了理疗室陈旧的灯光。草药的气息在四处游走，钻到可染背后的几只火罐里。可染撑起身体找医生，回过头，却看见那个假寐的男人朝她走来。男人的脸背对光线，看不清楚他的面孔，他在朝她移动，他身后的烟雾却是那么清晰可辨。他晃到床边，瓮声瓮气地对可染说，我知道你的孩子在哪里，我见过她。

可染一惊，跳起来。在模糊的气雾和晃动的光线中，循着男人的身影追了出去。身后是竹筒滚落在地上的清脆响声。

原载《十月》2014 年第 2 期

手　套

姨爹的眼角有泪的痕迹，像细沙一样堆积了一层又一层，仿佛是海水多次冲洗沙滩后留下的遗迹。姨爹的内心一定也像大海那样翻卷过浪潮吧。这些碱垢堆砌在眼角，蔓延开来，层层叠叠，可以想象，他有多久没有像样洗过脸。

玉梅给姨爹洗脸，把他的头像婴儿一样抱进怀里。毛巾捏着细细的角尖，轻轻拭去那些眼屎和泪迹，像母亲给初生婴儿洗脸一样小心，细致。

她不知道姨爹为什么流泪。洗完脸，用湿热的毛巾擦洗姨爹散发着臭气的光头，脸盆内换了几次热水。最后，她把姨爹的两只大手放进洗脸盆里。姨爹的手像剥了皮的树枝，笨拙地在水里晃动。姨爹说，我的手已经有几个月没有碰到水了，拿肥皂帮我洗一下吧。玉梅拿了一块香肥皂在姨爹的手上抹，但是，肥皂无法和树枝融合，玉梅转而用自己的小手抹了香肥皂，在姨爹的大手上滑行。这样，姨爹的手就沾上了肥皂，搓出了肥皂泡泡。姨爹说，舒服，水和香肥皂真好，这个香是茉莉花的香味。

热水和香肥皂混合的浪花，唤起了姨爹对生命的渴望。姨爹的一只鼻孔拖了块黄色的橡皮一样的物块，玉梅用手指抠了一下，是干结的脓鼻涕。玉梅的食指和中指没有了，她用剩余的一个小指甲抠，小指甲经常要代替缺失的两根手指，显得越发的伶俐。越抠越多，整个鼻腔都堵死了。鼻孔全是灰白的鼻毛，这些杂芜的鼻毛和鼻屎纠缠在一起。玉梅找小剪刀伸进鼻孔修剪，剪完再用棉签在鼻孔内掏。她抽出纸巾，包住那些脓黄的鼻屎，她没有想到，人的鼻腔会藏着那么多的污垢。

掏不掏耳朵，耳屎都挂到门口了。掏。姨爹说。玉梅用棉签开始掏。耳朵内外，多是板结的黄色泥块。人要入土是不是就这样缓慢地局部一点点先转化为泥土。这些小泥土在准备着，积攒到一定程度的时候，将回归到大泥土里，就是人们常说的入土为安。想到这里，玉梅有些伤感。她想把老人的耳朵彻底清理干净。她打来一盆水，给老人洗耳郭，老人微微闭着眼睛，很享受的样子。老人感受到玉梅灵巧的手指在他的耳朵和脸部游走，在他脸上的每一条细密的皱纹里缓慢地亲昵着，这种久违的舒适的感觉是那么遥远，却真切地发生在眼前。

已经有几个月没有人触碰过老人的身体了，老人很健康，没有任何疾病。但是，老伴和护工都懒得再去触碰老人一下。当一个老人生活不能自理的时候，开始遗忘、邋遢；开始回到幼儿以至婴儿的状态，遭人嫌弃。玉梅的小手让老人觉得活着是好，死亡终究是可怕的。

　　老人的脸是凉的，耳朵也是凉的，手上没有一点温度。玉梅伸手摸自己的脸和耳朵，原来也是凉的。玉梅给老人擦洗身体的时候，老人的身体是凉的。她问，你还冷？老人说，不冷。玉梅又把手掏进内衣摸自己的身体，是热的。她想，人的肉身就是这样一点点接近泥土的温度，生命开始走向衰败。出生是如此喧哗，死亡却是这样的仓促、落魄。

　　玉梅给老人换上干净的衣服后，老人身上终于没有了熏人的味道。玉梅给他擦香脂，在他的脸颊，胡子下面，脑门，下巴和手背。香脂清香的味道散发开来，驱散了老人身上浑浊的蛤蜊味儿。老人舒适地看着玉梅，像孩子看着自己的母亲。孩子的目光是灵动的，宝石一样打动人心。老人的眼睛浑浊到玉梅什么也看不见。玉梅好奇地问，你能看到我吗？能。老人说。

　　玉梅手指电视画面上的一个中年男人问道，这个人你还认识？认识，叫张苕同，是军事问题专家。姨爹坐在轮椅上告诉她。老人笑了起来，笑容迟缓。

　　老人已经很久没有说话了。玉梅第一次去养老院看他的时候，他什么话也不肯说。玉梅问他，你为什么不说话？老人说，不想说话。为什么不想说话？活着真难，不如死了算了。

对于一个八十多岁的老人来说，他不想住在养老院，更不想老死在这里。但是，他的老伴照顾不了他，也不愿意请钟点工或者是护工回家照顾他。虽然，老人的钱足够在家养老。老人是大学的退休教授，学校分配的三室一厅的房子可以请个住家保姆。但是，老伴坚持要把他送到养老院。老人的两个儿子也认为只有这样才是稳妥的，上次，老人起夜跌倒在厕所，躺在地上几个小时，老伴都没有办法把他拉起来。冬天那么冷，幸亏老人体质好，没有摔伤、冻感冒。老人不想住在养老院有什么办法呢？既然是儿子送他来的，他只好待在这个三个人一间的套房里。

老人想洗澡，他已经在这里住了四个多月。进来的那个月是秋天，大便堵塞，灌肠，来不及去厕所，拉了一床的。小儿子来帮他洗过一次澡。现在是冬天，虽然有空调，室内还是要穿棉袄的，这样的天气，老人的儿子和护工都不敢轻易给他洗澡。老人求过护工，我三个月没有洗澡了。护工说，你块头那么大，我一个人哪能弄得动你，等天气暖和再带你洗澡。儿子隔三岔五地会来看他，总是来去匆匆。媳妇偶然来一下，象征性地在门口绕圈，屁股都不沾板凳。

玉梅在纽约开中餐馆，纽约的早上是上海的晚上，时差十二个小时。玉梅的餐馆晚上关门打烊的时候，正是养老院的上午。玉梅加了护工的微信，方便她和老人视频，看看老人的状态。老人只和玉梅说话，多是玉梅问他三句话，他回答一句。有时候一句话都不说，目光呆滞浑浊，盯着玉梅像对她充满仇恨要把她吃了一样，头歪在枕头一边，鼻子插了氧气管。玉梅见了，眼泪就"吧嗒、吧嗒"滚落，恨不能生了翅膀，立刻飞到老人身边，把他接回家，好生伺候。

总算把中餐馆盘了出去。这是玉梅辛苦二十多年积攒下来的一家餐馆，像是自己亲手带大的孩子。每一只碗盘，每一个茶壶，都是玉梅亲手购置的。从餐桌到台布，每天进货盘点，玉梅一手操办。经营得好好的一家餐馆，移交给别人了，有一种割肉的感觉戳着玉梅的心窝。但是老人给玉梅的感觉更叫她难过，是针锥扎在心头的感觉。玉梅要摆脱这种扎针的感觉，只有"割肉"。她自我安慰，以后回纽约还可以再盘一家餐馆。如果姨爹走了，再也没有机会报答他。

玉梅到纽约后，她很快就自食其力，在家做春卷，放在一次性盒子里，步行到位于曼哈顿的大学门口进行售卖。为了节省往返5美元的地铁费用，她还买过自行车，虽然纽约几乎看不见骑自行车的人，除了在纽约中央公园能看见那些骑山地车和运动自行车的人。为了买一辆普通自行车，玉梅转过不少商店。中午，吃午饭的时候，玉梅煎的热春卷总有各个国家的留学生排队购买，一会儿工夫就卖光了。

玉梅积攒了一些钱之后，买了面包车，改良成餐车，请了一个华裔老汉帮她卖快餐。现在的这家中餐馆，玉梅付出了自己的全部心血。以至于她都没有时间考虑自己的婚事，这一耽误，玉梅就跑到了快要退休的年龄。扳扳手指，玉梅也是五十多岁的人了。别人在这个年纪都结婚生子，至少也有过婚姻的经历，玉梅还是孤身一人。

玉梅把中餐馆盘出去，为了回上海照顾姨爹的晚年。玉梅在视频里和老人约定，等我回来，要坚持住，我要买个装修好的公寓套房，接你回家。老人有些不相信玉梅的话，她怎么可能把经营得好好的餐馆卖了呢，她才五十多岁，正是赚钱的时候。可是，他不相信她的话又能指望谁呢？

老人的孙子高考落榜后去了纽约，在玉梅这里上语言学校，吃喝拉撒，都是玉梅操办。玉梅自己没有孩子，把老人的孙子当自己的孩子一样，承担了他在纽约的全部费用，包括零花钱。

玉梅希望这个孩子能在餐馆帮个工，放学回来端个盘子，送个外卖。但是，这个孩子在国内就娇生惯养，怎么可能到纽约打工。现在，大城市里的年轻人自费出国读书，已经少有打工挣学费的。并不是每一个家庭都富裕到这个程度，而是家长们在国内尽量省着，有的学生家长甚至卖了房子，孩子们在外面大把花着。挣钱的舍不得花，大把花钱的不屑去挣钱。

姨爹担心玉梅回来，孙子在纽约无人照料。玉梅告诉他说，你的孙子已经住进社区大学的学生宿舍，我交足了房租和伙食费，你不要担心。

姨爹和孙子视频，玉梅说，姨爹，你孙子来了，看看，他长壮了没有？

老人看着自己的孙子，一语不发。玉梅说，你该高兴了，孙子都这么大了，过几年要结婚了，到时候，你来纽约参加他的婚礼。老人听玉梅话说得轻巧，觉得她异想天开，他这么大年纪怎么可能来美国，他这辈子其他国家都没有去过，他哪儿都不想去，除了老家高密，他已经对任何地方、任何事物不感兴趣。老人说，我有什么高兴的，他也帮不了我。

老人不相信玉梅真的会给自己养老，她不过是哄自己，甜言蜜语骗人罢了。她在美国生活这么多年，早就养成美国人的唯利是图的思维习惯。如果她没有好处，卖了餐馆跑回来干啥？还不是图自己的遗产。想到这里，老人就问孙子，你阿姨的餐馆卖了你怎么生活？孙子不耐烦地说，阿姨都操办好了，你瞎烦神。玉梅说，姨爹，我肯定会回上海，接你回家的，我的家就是你的家。君子一言既出，下面一句是什么？玉梅知道姨爹懒得说话，故意逗他说话。姨爹说，驷马难追。玉梅笑了，对，我们一言为定。姨爹，你一定要等我回来，我的机票已经买好了。玉梅从皮包里掏出机票，对着手机视频晃了晃，有些发嗲地说，姨爹，等我啊，我很快就会回来的。

玉梅是个说干就干的人，只要有钱，买个带电梯的现房不是问题。玉梅第一站就到了老人的儿子家。她想去老人的家，但是，想到老人的妻子，自己的姨妈，她便陷入了沉思。母亲去世以后，父亲下落不明，玉梅被姨爹接回家当女儿抚养。姨妈自己有两个儿子，再添一口人吃饭，姨妈负担不起。姨爹执意要留下玉梅，拉扯中，姨爹和姨妈打了起来。姨妈不是姨爹的对手，她被姨爹推搡了两下，趔趄。姨爹骂她，没有良心。

姨妈火了，从厨房里拿了菜刀，咆哮着，我叫你看看什么是良心，良心是红的，都搁在这里。姨爹还没有反应过来，玉梅的手指就被姨妈砍断两根。姨妈情绪失控，咆哮，四处乱砍。姨爹抱起玉梅，跨上邻居的自行车往医院骑去。玉梅惊恐地蜷缩在姨爹怀里大哭。最终，玉梅被姨妈送去了孤儿院。

玉梅成了没有亲人的孤儿。但是，她一直把姨爹当作父亲。姨爹在她生日的那天到孤儿院看过她，给她带了一双手套，那是玉梅一生中最宝贵的礼物。即便是春天和秋天，玉梅上学都戴着那副手套，她不愿意同学们看到她残缺的手指。同学们好奇地问她，你的手指怎么少了两根？是先天少两根，还是不小心弄丢了？一个男同学在教室当着好多同学的面问她。男同学伸手给大家看，说，我们都是五根手指，她怎么少了两根，大家猜一猜，她的两根手指去了哪儿？

玉梅感到了羞辱，她掉头就跑，一口气跑到女厕所，一天都不敢出去上课。那一天，是老师把她从厕所带出去的。想到这些，玉梅一个人在飞机上默默地抹眼泪。孤儿的命运就是这样，怨谁呢？只怨自己母亲死得早，没娘的孩子是棵草。玉梅能有今天，她已经知足了。

东航的飞机可以免费托运两只箱子，这两只箱子塞满了带给姨爹和姨爹家两个儿子、媳妇的礼物。虹桥机场出口有不少来接机的人。玉梅知道，那些翘首等待的人中，没有一个是等她的。她找了一个行李车推沉重的行李。走出虹桥机场，她的内心有些激动，看到自己的故乡建设一点不比纽约差，她为自己出生在这里感到欣慰，这里是她的根。不论姨妈认不认她，她觉得，他们就是她的亲人，上海是她的故乡。

想到姨爹送她的那双手套，那双手套在那个年代可是稀罕物品，班上的同学都没有手套，两个表哥也不会有那样的手套，不知道当年姨爹从哪儿买到的。玉梅把手套从皮包内拿了出来，这是一双褪了色的小女孩戴过的很旧的手套。玉梅一直带在身边，搬过无数次家，丢过无数的东西，唯有这双手套是她心底最宝贵的甚至是带有迷信色彩的一个信物。

什么都可以丢失，可以重买，唯有这副手套是不可替代的。它是一个人的过去，是玉梅在这个世界上的牵绊。如果没有手套，玉梅的人生将是一片灰暗。这手套使她与别的孤儿有了不一样的优越感，她是有亲人的，只是姨妈太穷，养不起她，才把她送到这里。姨妈剁了她的两根手指，她不曾告诉任何人。这是她的秘密，是她和这个世界关联的最后一个通道。她甚至给姨妈带了皮包，那种一面是马毛的，云豹图案的，一看就无比奢华高档的 MK 皮包。孤独的她在这个世界需要这样的一个关联和通道。

表哥把玉梅带到了养老院。姨爹的脸色苍白，像没有看到她进来一样。她孩子般兴奋地喊道：姨爹，姨爹。姨爹抬头看她，眼睛直勾勾地盯着她，浑浊的眼球似乎什么也看不见的样子。姨爹，我是谁？姨爹缓慢地说，你是玉梅。我有什么变化？你瘦了，纽约东西贵，舍不得吃。玉梅咯咯笑起来说，吃饱的，从来没饿过。

想见到我吗？玉梅换了个话题。这才是她最关心的话题。想见。姨爹说得很干脆。为什么？只有你能帮我办到我办不到的事情。什么事情？姨爹环顾左右，看看四下里无人注意他们的对话，小声对她说，帮我逃离这里。

玉梅说，好！你等我，我明天就去买房子。老人有些不相信，在上海买房子有那么容易吗？玉梅不过是在耍心眼儿哄他罢了，但是，自己目前的处境，也只有玉梅答应帮他逃离这里。他连站都站不起来，没有人愿意和他说话，甚至看他一眼。护工一日三餐把饭食送到他床边，他手抖着，迟缓地吃几口，还没吃完，就被护工收走了。

有时候，护工发现他没有吃饭，喂他几口，护工的调羹在他嘴边，他的嘴巴关着。护工喊，张嘴，张嘴，不张嘴就饿死你。他还是不张嘴。护工放下调羹，两只手恼怒地扳开他的嘴巴，转身把饭倒进抽水马桶。

老人想，还是玉梅心细。她这样讨好他，一定是有什么目的，她带着不可告人的目的回上海。不知道她下面要干什么？自己这把老骨头，本来就不想活了，她爱怎么折腾随她去。我不会把工资卡交给她，我要吩咐老伴把工资卡交给儿子，存款好生收好。那是留给老伴养老用的，老伴的退休金才2000多块钱，根本不够她将来生病住院。

玉梅看上一套带电梯的二手房，里面家具应有尽有，可以拎包入住的那种房子。玉梅和中介签订了购房合同，两证还没有过户，拿了房门钥匙，就一次性付清了全款。她等不及了，恨不能马上去养老院，把姨爹接过来，好生伺候。

她从小就没有父亲，姨爹给过她父爱。这种爱于她来说是刻骨铭心的温暖，被孤儿院里的孤寂的生活无限放大和扩张，是她假想的父爱在延伸，直到她的青年、中年，这样的延伸都没有终结，甚至伴随着她的年纪一起增长。如此浩大，弥足珍贵。是她能够孤身在纽约打拼的精神依赖。现在，姨爹被姨妈和表哥送到养老院，她要把姨爹从养老院弄出来，当父亲一样供养，回馈她曾经得到的父爱。

姨妈每次去养老院都要跟儿子咕噜，过不了今天，快了，就这两天，叫你哥哥去买墓地。姨妈说话的声音大得走廊里什么人都能听见。姨爹的耳朵还很灵光，他一定听见了，一定很难过。玉梅这样想，她把表哥叫到一边，吩咐他不要在姨爹面前谈论后事，她心里特别心疼姨爹，好不容易有了一个象征性的父亲，这个迟到的父亲，她不能够再失去。

那天，在养老院，姨妈在走廊里游荡，突然兴奋地跑进来，像发现新大陆一样饶有兴致地说，刚才隔壁老太死了，老太的床上盖着白被单。邻床的老太对着死人吃饭。玉梅在给轮椅上的姨爹喂饭，姨爹的嘴就不动了。玉梅放下饭碗，把姨爹的轮椅推到大露台上，露台上的阳光照得人眯着眼睛，难得一个雾霾较少的天气。

姨爹说，我最缺少的就是新鲜空气，这里的空气真好！玉梅看到姨爹主动说话，兴奋起来，她把姨爹推得更远一些，远到护栏边上，护栏的外面有蜡梅树，偌大的一棵树上有一个枝子挂了些特别小的花朵。玉梅折枝，闻闻，幽香浮动。递给姨爹，姨爹把花枝对着鼻孔说，怎么这么香呢，我从来没有闻到过蜡梅花的香气，我的鼻子不好，这个花真是香啊！玉梅说，这个花生来就是为了等你今天来采她，她为你而暗香涌动。姨爹听了这样的话，很高兴，不肯回去午睡。

陆续又有老人被推出来晒太阳。老人们的家属看见玉梅在给父亲唱歌，老人是她的父亲吧，她们猜测。他们亲密和谐的样子。她唱上句，问父亲下句歌词，父女俩在想歌词，想出一句，女儿唱上一句。女儿伏在父亲的胸口要嗲，一定要父亲唱下一句，她伸手抚摸父亲胡子拉碴的脸，像抚摸一个可爱的婴儿。女儿要求他一定要唱。父亲唱不出来，唱了一句跑调的词，低头把蜡梅花笨拙地递到鼻孔上，父亲有些走神。姨妈是个爱唱歌的人，姨妈听见，抢了玉梅的调子唱起来。

有家属推着轮椅过来围观，掺和父女俩想歌词，一众人问姨妈，她是你女儿吧？蛮像的。姨妈说，我没有女儿，她不是我女儿，我只有两个儿子。姨妈说起儿子，一脸的自豪。姨妈唱完一段，有人附和她在轻声唱。姨妈夺过姨爹手上的蜡梅花，放进自己的手袋，作死，给人看见要罚款的。

送姨妈回家的路上，玉梅说，我来的时候就看到老太死了，仝医生在吩咐人给殡仪馆打电话，我担心姨爹听到心里难过，就没有说，还是尽量不要在姨爹面前谈论死亡。

姨妈说，他活这么大年纪已经赚了，我还活不到他这么大岁数。每天这么多人围着他一个人转，他是有福气享的。我将来老了就没有这么多人来管我，我就不服气。玉梅说，他行动不便，生活不能自理，怪可怜的。姨妈没好气地说，你可怜他，谁可怜我。他活这么大已经赚了，我就是不服气他。

这个话是赌气的话，玉梅想接姨爹回家过，并没有邀请姨妈。其实，姨妈是想和姨爹一起去玉梅家养老的，玉梅家房子大，有暖气，她又舍得花钱，姨妈当然希望她给自己养老。这样，就不会给自己的两个儿子添负担。

但是，玉梅只字不提姨妈的归属，只肯接姨爹一个人回家，姨妈心里那个怨气，恨不能姨爹立刻就死掉，叫她白忙一场。最好是把老头子接回家几天就死，死在她家，这样，她和两个儿子就可以怪罪玉梅，找她索赔，至少要让她知道，她这辈子亏欠他们一条人命，永远也还不清。

玉梅是直肠子，想不到这么多。

玉梅给大表哥打电话，告诉他自己的计划。大表哥说，你把老爷子从养老院接走，老太怎么办？你一个人弄不动他，万一他感冒发烧，你又不是医生，怎么办？这么大年纪的人，说走就走，养老院这边有医生，随时能吊水，接氧气、呼吸机。你房子买得再好，没有医生和医疗设备，还是有风险的，你不要担这个风险。

这些看似为玉梅着想的话题，像一盆冰水，当头浇了她一脸。不甘心就这样罢手。玉梅给小表哥打电话，小表哥说，你把他接走，养老院这边要结账，出去容易进来难，我好不容易找关系，开后门把他弄进去，床位一空出来，马上就有人等着进去。你弄走他，搞不动他，再送回来就难了。再说，他生活不能自理，大小便要人伺候，饭也不会吃，很麻烦的。你是我妹妹，大老远回国，我不能看你遭这个罪。

两个表哥的拒绝，使得玉梅不知道该找谁帮忙。她坐在出租车上发呆。司机说，大姐好像有心思？说开来就化解了。她心里难受，像遇到知己，说，我是苦恼。司机说，苦恼说出来就淡了，闷在心里越积越浓。玉梅便逐一说出自己的烦恼。司机听了，有些吃惊，等红灯的时候，司机感慨道，你真是打着灯笼都找不到的好人，一看就不像现在的人势利眼。这年头，像你这样的好人真是难找。

玉梅说，你能找到人帮我忙吗？司机说，我试试看，我老家有个亲戚一直在医院做护工的，现在回家过年去了，我帮你问问他，看看能不能来帮忙。你给他多少钱一个月？吃住包不包？

晚上，出租司机给玉梅回电话，他老家的亲戚愿意来帮忙。玉梅想，这套房子三个房间，一人一间，三个人也够住了。

玉梅一再跟两个表哥解释，姨爹所有的费用由她支付，护工的工资、吃住也是她全权负责，她不要姨爹的退休金以及存款，她会尽全力照顾好姨爹。表哥实在想不通，这年头有这样的好人吗？不知道她葫芦里卖的什么药，难道是想老头的房产，那套房子现在也值大几百万，表妹的心大着呢，不然，当年也不会偷渡到美国。

玉梅在出租司机的帮助下，终于把姨爹接回家。她给司机车费，司机嘻嘻哈哈说，怎么能要你的钱，算是我给老人家尽孝，不能你一个人做好事，让我也做一点。我还要做生意，先走了，有事电话我。玉梅很感激，心头翻过一阵温暖的潮水。

显然，玉梅的行动不受姨爹一家人的欢迎。但是，碍于孩子在纽约，玉梅养着，表哥们没有翻脸。姨爹是愿意跟她回家的。她想不明白他们为什么反对她把姨爹接回家。她只是想让姨爹在生命中最后的日子里像人一样有尊严地活着，姨爹只是老了，生活不能自理。姨爹用的杯子、碗筷都是一次性塑料的，大家似乎都在等着姨爹晚上或是明天就能咽气。姨爹身上好一点的衣服也被姨妈换掉，换成了破烂不堪的旧衣服。姨妈节省惯了，似乎他穿了平常能穿的衣服，人死后，这些衣服就浪费了。

姨爹还活着，姨妈已经开始把他的好一些的衣服送给经常买米买菜的小商贩，算是和这些人混个脸熟，下次买东西能照顾她一点。可是，姨爹什么病也没有，每一次寒流来临，指望他会走，他就是不走。日子久了，姨妈有些厌烦。

姨爹睡在玉梅家宽松的大床上，却不会翻身，玉梅搬不动他，喊护工。护工过来，老人死沉沉的，一点不动，这样庞大的躯体移动一下也是很费力气的。每天，护工一大早起来，帮老人起床，老人并不配合，像一块僵硬的咸鱼。玉梅就在老人身后顶着，让护工给他穿衣服。老人起床后，坐在轮椅上。护工给老人刷牙、洗脸、喂饭。前后一个小时，护工自己还没有来得及吃早饭。老人说，我要躺到床上放松一下。这个时候，玉梅就顶替上来。护工也是人，要洗脸、刷牙、吃饭。

过了几天，护工有些不耐烦，要求加工资，说，没有想到，老人虽然什么病都没有，但是，生活不能自理，一会儿要躺下，一会儿要起床，一个人实在忙不过来。

护工的工资从原先说好的4000元加到了5000元。护工看玉梅这个女人好说话，打算过几天再提一次加工资的事情，他要把工资加到八九千元，心里才觉得合理。他过去在医院看护两个病人，加在一起就是这样的收入，时间都耗在一个老人身上，挣一份钱实在不划算。

姨爹的午饭是菜心炒豆腐、番茄鸡蛋炒木耳、昂刺鱼蘑菇汤。玉梅发现护工把刚炖好的滚烫的鱼汤直接用碗往老人嘴里灌，玉梅就说，我来喂饭。她拿过鱼汤。以后，玉梅都是自己喂饭，她怕粗心的护工烫伤姨爹。玉梅把小菜心一颗一颗盛在调羹里，把鱼肉在嘴里抿了又抿，确认没有刺。她觉得姨爹是她的孩子，她要像天下的母亲那样，一汤匙、一汤匙地把婴儿喂大，喂强壮起来。

姨爹说，你小时候，我这样喂过你。玉梅说，喂过几次？一次。那我要喂你一万次。姨爹听了这样的话，笑起来，她就是浮夸，讲话一点不符合实际，没有他的两个儿子成熟，稳重。

大表哥接了姨妈来看望姨爹，姨妈说，老头子，你要站起来走路，你过去在医院不是会走路的吗，怎么忽然就不会走了呢？大表哥说，人在退化，总是一天不如一天的，不能这么说。大表哥要求老人站起来练习走路。老人腿站起来了，却迈不开步子。姨妈见了，上去踢他的脚，踢几次，老人才抬起来一点。姨妈嗓门调高了八度，要你抬腿走路，不是要你去死，抬腿走。姨妈狠狠踢他脚踝，这是踢给玉梅看，给她下马威。姨妈走了以后，姨爹告诉玉梅。

姨妈和大表哥来看姨爹不到半个小时，就匆匆走了。大表哥估计玉梅没有时间买菜，他送给玉梅一箱子的蔬菜和荤菜。

玉梅把姨爹弄上床休息，打算去吃午饭。护工找玉梅请假，要去原先工作的医院拿钱，跟玉梅请半天假，玉梅答应，护工走了。护工刚走不到十分钟，老人就要起床坐着，他说身上有褥疮，不能总是躺着。玉梅搬不动他，老人就一直喊，要起床。玉梅无奈，干脆爬到床里面，躺在姨爹对面，这样，姨爹看着她的脸，她不停地和姨爹说话，姨爹就不再提起床的事情。

玉梅对自己的所作所为，内心里有些自得，调皮地歪着脑袋，探问姨爹，你觉得我怎么样？姨爹说，你瘦了，纽约东西贵，你舍不得吃。玉梅笑了，你老是说我舍不得吃，都什么年代了，还有吃不饱饭的人吗，不可能的。我是问你，你觉得我这个人怎么样？

姨爹思索了一下，说，你比较势利。玉梅就蒙了，她没有想到，姨爹这样评价她。她接着问，姨妈呢？姨妈很善良，就是脾气不好。我母亲呢？你母亲和你一样势利，生活作风有问题。玉梅说，她哪里生活作风有问题？姨爹说，你父亲到底是谁，我们都不知道。玉梅无语，就算是这样，那我的生活作风没有问题。姨爹说，你到现在不结婚，就是作风有问题。

姨爹是个老实人，问什么，告诉你什么。用他孙子的话讲，如果爷爷说谎，太阳就从西边出。原来姨爹对玉梅的看法竟然是这样。她进一步追问：你举个具体的例子，说我势利眼的细节。姨爹想了想说，你巴结全医生。玉梅说，我哪里巴结他了？你看着他笑，喊他给我看病。玉梅说，姨妈给他送酒，他拒绝了，姨妈就一直打他电话，他不接电话，姨妈这个算什么？姨爹说，你姨妈善良。人要有骨气，就是死，也不能巴结人，你不知道全医生有多傲气，从来不理我。

姨爹说这些话的时候，干瘪的长手指在玉梅的脸上晃过来晃过去，似乎要去抚摸玉梅的脸，又似乎要在空气中捞到什么一样。他的手指在有限的两个人的脸面中间晃荡，对玉梅是一种骚扰，她往床里的墙根退了一些，她怕姨爹的手指落到她脸上。姨爹说的这些话，使得她无比难过，打破了她对姨爹的看法。姨爹是个老实人，一辈子在大学做教授，系里的同事名字都叫不上来，就知道几个领导的名字，老死不与人往来。退休几十年，只和姨妈一个人说话，姨妈说什么，他相信什么，姨妈说多了，他就信以为真。他已经丧失了独立思考的能力，丧失了对他人和事物的判断能力，他对亲人的认知都来自姨妈的表述。想到这里，玉梅不忌恨姨爹，是姨妈蒙蔽了他的眼睛。

姨爹的手又伸到玉梅面前，不知道是想抚摸她饱满的脸颊，还是无意识搅动着空气中的什么。过去，玉梅做梦都渴望着这样的触摸，现在，触摸近在眼前，她却往后退缩起来，她缩到墙角，整个身体几乎要贴在墙上，她抑制住自己的情绪问，大表哥呢？姨爹想了一下说，你大表哥成熟稳健，就是有点虚荣心。二表哥呢？二表哥善良，像你姨妈。两个嫂子呢？她们就不要提了，姨爹一副不屑的样子，似乎两个嫂子根本就不配进入他的法眼。他死死地盯着玉梅的脸，玉梅反问他，你觉得这个世界上，你认识的人中，谁好一点，你的三个姐姐如何？姨爹想都不想就说，三个姐姐没有一个好东西。

为什么？玉梅想知道。她们要我跟你姨妈离婚。玉梅说，是谁告诉你的？是你姨妈说的。你母亲呢？玉梅追问姨爹。我母亲也不好，她和三个姐姐撮合在一起，收拾你姨妈。玉梅说，你怎么知道？姨爹说，你姨妈告诉我的。

你知道的这一切都是姨妈告诉你的，你自己不会分析和判断吗？有没有一个是你亲身感受过的？姨爹死死地盯着她的眼睛，不说话。姨爹心想，我活这么大的年纪，还用不着你来教训我怎么看人，我看人都是看到骨头里的。

玉梅说，你讲一个好人呢？姨爹说，这个世界没有一个好人。

玉梅不甘心，她又问姨爹，我接你回家过也是势利眼吗？姨爹不说话，心里却想，现在不跟你下结论，狐狸的尾巴迟早要露出来，天底下有这么便宜的事情吗？不要我工资卡，不要我存款，不要我房子，白白把我接过来养老？

姨爹是狡猾的，他不戳破玉梅的这些计谋，玉梅一定是有计谋的。他会提醒自己的两个儿子看好母亲的钱包，不要给她忽悠走。电视节目《法制现场》，他过去在家天天看，有多少家庭的子女为了老人的房子、财产，闹个不休，费尽心机。姨爹是教授，脑子很清醒，一个原则，绝对不会把自己家的财产流落到外人手里。

　　想到这里，姨爹想问问玉梅接他回家的动机，但是姨爹忍住了，没有问。她毕竟是自己的后代。当年，玉梅考上大学，问姨爹借钱交学费，姨妈把她骂个狗血喷头，一分钱没借到。玉梅没有学上，没有工作，到处找临时工挣钱糊口。玉梅没有饭吃的时候，跑到姨爹的学校，跟姨爹蹭午饭吃，姨爹给过她肉包子。姨爹教书的那所大学的肉包子，玉梅是要记一生的。玉梅问起姨爹给她买肉包子的事情，姨爹不记得了。就在那个时候，玉梅偷渡去了香港，再辗转去了波士顿、纽约。玉梅借蛇头的高利贷，还了好多年才还清。

　　玉梅举起自己的手，在姨爹面前晃动，然后问他，你知道我的这个手怎么剩下三个指头，那两个指头呢？姨爹不说话。玉梅说，是姨妈砍掉的，只有我们三个知道。姨爹说，你姨妈太善良，这是母爱。玉梅瞪大眼睛，像看外星人一样看着姨爹浑浊的眼睛，她已经无法在这双浑浊的眼睛里看到他的内心和灵魂。他被姨妈复制，确切地说是遮蔽了。你姨妈太疼爱你的两个表哥，她怕你抢了他们的口粮。

　　我也是上海人，有户口和粮票，玉梅辩解。姨爹说，这更加说明你姨妈是多么善良和有母爱，她爱自己的儿子已经到了不容许任何人来瓜分母爱的地步。你不像你姨妈善良，你缺乏爱心，不爱自己的家人，不爱自己的国家，偷渡到美国，势利眼。

玉梅躺在床上，凝视着自己的三个手指发呆。姨爹说，你起来，睡在床里面我睡不着。玉梅说，你睡你的，我又没有碰着你。姨爹说，我看见里面有人不舒服。玉梅不想起来，她还有话要说，她说，我小时候这样睡过你身边的，你就当我是小时候。

姨爹不再撺玉梅起床。他睁一只眼、闭一只眼睛说，你小表哥小时候，姨妈没钱给他买棉袄，他的手害冻疮，虎穴处烂得都能看到骨头，他自己到姑妈家拿云南白药涂抹在伤口上，他只是随便说说，从来不记仇。你就这点不好，记仇。大表哥天不亮，去虹桥火车站捡煤渣，卖了钱交学费。为了拣一块铁轨下的煤渣，被火车轧断了腿，你看他走路不平衡，腿骨头短了一截，他也不记仇。就你仇性大。几个小孩，数你最刻薄。

说完这句话，姨爹疲倦了，闭上了眼睛。可是，他就是闭上眼睛，还有一只眼睛又偷偷地半睁开，乜着玉梅，好像要随时防止玉梅杀死他一样，好像玉梅是上苍派来谋害他的，玉梅的身上负有神圣的不可告人的计谋，他就靠那一只半闭半睁的眼睛来看穿她的诡计。

玉梅什么话也不想说了，姨爹却来了兴致。姨爹的脸忽然有些羞涩，一片红云浮过他的脸颊，他的脸颊有胡子滋生出来。该叫护工给他刮胡子了。姨爹说，你听着，算是我的遗言。听说是遗言，玉梅瞪大了眼睛。

姨爹说，你要理解你姨妈拉扯两个表哥不容易，她是一个善良的人，从来不会恨人。你要像她学，不要恨人，更不要恨她，你不肯把她接回家住，你心里有仇恨，仇恨最后会伤到自己。你要在我死前，跟你姨妈和好。你不要恨她，我会叫她给你一笔遗产。玉梅问，给多少？姨爹想了想说，我也不知道她存了多少钱，你和两个哥哥都会有一份。玉梅说，你做不了主。也不公平，我不能要你的遗产。我照顾你不是为了遗产，是把你当作父亲，我从小就没有家庭，没有父爱母爱，我一直把你当父亲。

说完这些，玉梅看见姨爹的眼睛里有一颗泪水奋拉出下眼睑。

姨爹又说，我还有一个遗言。玉梅再次瞪大了眼睛。你圈子里的那些人什么话都会说，你不要说。玉梅安慰他说，我们女人家，只管赚钱，不懂政治，也不关心政治。

护工还没有回来。玉梅从床里面爬起来，唯恐碰着姨爹盖的被子，惊着姨爹。她爬到床脚，下地板，穿上自己的鞋子，飞快跑到客厅，给护工打电话。护工的电话通了，没有人接。她的心里五味杂陈，说不出的难过。

姨爹在喊她名字，她看他睡在床上好好的，没有搭理他。她想找个人说话，评价一下她这个人到底怎样，她是个刻薄的势利小人吗？！她要求证。

她给那个出租司机打电话，电话一通，她就问司机，你觉得我这个人势利眼吗？司机说，这年头好人难寻，你是好人。我势利眼吗？她再次问司机。司机说，一点都不势利眼，你太善良了。玉梅问，你听谁说的？司机有些摸不着头脑，反驳她，我自己判断的，你第一次搭我车，对我客气又礼貌，还给我小费，告诉我你的苦恼，你很孝顺，我看出来，你是个善良的好人。

玉梅有些安慰，她问，你说的是真话？司机笑起来，这个女人有意思，当然是真话，不带半句假话。玉梅吊在喉管的心落下来。她对他说，加我微信，说我是好人，一直说我是好人！我给你发红包，我要给你发个大红包过年。她大声在电话里吼起来，从来没有这么疯狂过，几十年了，她从来没有这么大叫大嚷过。

原载《当代》2018 年第 1 期

老关送礼

当夕阳的最后一线闪耀在西天沉落的时候，月亮湖对面的古城墙便跟着暮色隐退了。白昼里明媚坦荡的月亮湖蒙上了雾的面纱，使得黑黝黝的湖水一下子变得神秘起来。

叮铃铃……埋头伏案的秋老师被一阵电话铃声吓了一跳，谁在这个时候来电话，真烦人，秋老师极不情愿地站起来去接电话，不耐烦地拿起了话筒。

"还是你狠！"听筒里传来一个男人狠声恶气的四个字，电话就挂断了。

这声音叫秋老师心里一惊！却一下子把秋老师引领到他的上一个电话里……

我姓关，哈哈，我是老关哎，上次给你家打过电话的老关哎，想起来了？我们厂生产地下水道的。老关一边讲一边抖着右腿，烟头烫着手指浑然不觉。

唉，你好！秋老师说，秋老师想起以前接过这个叫老关的电话，就是这样的腔调。

现在，老关说，我刚才跟李局长通了电话，李局长在开会，叫我马上送螃蟹过来，你告诉我，你家在月亮湖什么地方？

秋老师想，我怎么能随便接受别人的东西，老李也没有说过这件事。秋老师就说，对不起，关厂长，我给老李打个电话。

你看你，这点小事还要打电话，你们家还不是你说了算，你一个女同志在家，我来不方便，你下楼来，我已经到小区门口了。

我挂了，关厂长，你回头再打来吧。

老关没想到，秋老师说挂就挂了。这个女人声音细软，年纪不会大，模样儿也会俏，这样的女人好对付。刚才，他给李局长打电话碰了一鼻子灰，李局长再也想不到，老关会走夫人路线。老关怕局长，局长怕老婆，嘿嘿，老关得意地想，只要他老婆收下螃蟹，打开了这个缺口，往后就像江水决堤，哈哈！我的下水道就畅通无阻地进纬山路了！

你看那些局长们，哪个不害妻管严。老关为自己的这着棋得意地笑了，老关信心十足地拨通了李局长家的电话，拖长了腔调，成竹在胸地说，怎么样，告诉我吧，我已经到月亮湖了，车子在这里兜呢。

秋老师说，老李讲他晚上不回来吃饭，螃蟹你自己留着吃。

老关一听，急了。老关说，这怎么行，我一早从洪泽湖赶过来的，我老弟家自己圈养的野生蟹，你们城里买不到的，你一定要收下……

外面的天已经是漆黑的了，秋老师一手拿着听筒，一手拉上了窗帘。

我看见你了，老关果断地讲。你在窗口接电话，你把窗帘拉上了，快下来吧，我已经到楼下了，你再不下来，我要上去了。老关讲最后一句话的时候，就好像手握冲锋枪顶住了秋老师，没有人能从枪口下逃生。

秋老师感到了这一点，心里一阵慌张，刚才老李还说他找不到我们家，他却找来了，不然他怎么看见我拉窗帘了，他还看见我站在窗口接电话，我的一举一动都在他的监视之下，他就像个克格勃。秋老师真怕此刻门铃会被老关摁响。门外站着一个拎着一网兜螃蟹的男人，收也不好，不收他也不依你，他甚至会，会什么呢？秋老师不敢往下想，秋老师赶紧真诚地说，真的不能要你的螃蟹，你自己留着吧。

我这么远赶来送给你，你一定要收下的。声音里有一点失望，还有一点霸道。

你要把老李送到牢里啊！语气里有一丝毋庸置疑的味道。

秋老师严肃了。

秋老师一严肃，老关就急起来。老关说怎么能这么讲呢，又不是什么贵重礼品，几只螃蟹算什么东西，你小姑娘家家的，不要哄我老关，法，我还是懂一点的，我知道李局长廉政，几只螃蟹不算东西，你做做工作就行了，好吧，我把螃蟹丢在物业公司就走，你过来拿吧，老关说得像真的一样。

秋老师给老关说得笑起来，特别是那个"小姑娘家家"几个字，怎么听怎么顺耳，秋老师开始对这家伙有了一点儿好感，这是一个有点儿风情的家伙，秋老师故意说，别逗了，我们家根本就不住在月亮湖，你丢给哪个物业公司啊？

你家不住月亮湖还住太阳湖啊？

秋老师一听太阳湖，就忍不住在电话里咯咯笑起来。

老关一听到女人的笑声，心里就有了谱，老关想八九不离十了，女人一笑，戏就有了，说讨厌是喜欢，说不要是想要。老关为自己深谙女人的心理而快活得直抖，不无得意地说，快告诉我在哪一个小区，我拎着一包螃蟹在月亮湖转，我都冷死了，你就可怜可怜我吧。说到最后一句，老关的声音都故意地学秋老师那样，软软地飘着，嗲过来。

秋老师给说动了，特别是最后一句话，一个男人在黄昏里对她用那样的语气说那样的话，不免叫这个教语文的善感的女人心软。秋老师想，收下算了，劝劝老李，什么大不了的事，不就几只螃蟹吗，叫人家在冷风里转，怪过意不去的。于是秋老师说，好吧，我做做老李的工作，你等下再打来吧。

从前，秋老师是很有立场的，现在她给这个电话搞得一脑子糨糊，她不知道是听丈夫的话严词拒绝他，还是听他的话收下螃蟹。

其实她的心里是想收下的，收下了，她就好安心备课。

刚才，丈夫在电话里说，老关是乡镇企业家，他们的下水道质量不过关，纬山路的下水道工程由市政招标，礼物决不能收。况且他们夫妻俩有个默契，就是互不干涉对方的工作，她不好破这个例。

秋老师左右为难。她走到阳台上收晾晒的衣服，她从封闭的阳台里伸出脖子，看看有没有拎着螃蟹的男人，她确认没有的时候，才把手伸出去钩衣服。深秋的天了，收迟的衣服被露水打得凉阴阴的，摸在手上有点湿，没有了下午阳光下的和暖。秋老师把衣服挂在阳台里，半个身子探出窗户外，小区内的草坪灯倒映在月亮湖里，就像天上的好多月亮掉在湖里，随着水波的荡漾而流动。一只老鼠倏地钻进假山的石窟里，只有远处的古城墙，像一条黑色的纽带，纹丝不动。一阵风迎头袭过来，吞没了她探出窗外的半个身子，她打了个寒战，关上窗户，回到客厅里。

她一看到客厅的电话，就想到老关一个人拎着螃蟹，站在夜风里乱转的样子。

她想起她刚结婚的时候，丈夫还是交通厅的一个普通科员，她为了从苏北的学校调进这座古城，也是请客送礼，才弄到局长家的地址，夫妻俩拎着一大包礼品，也是这样的深秋，站在瑟瑟的夜风中，心里那个忐忑不安，她就想局长啊，不管你帮不帮我调，你都要收下我的礼啊，你可不要对我摆冷脸，再把我推出门外，这可关系到我的自尊和面子。现在老关是不是也这样想呢？

她的心里流过一丝隐动，连老鼠都回家了，老关不晓得回家啊！老关不晓得坐在温暖的屋子里，老婆孩子团聚啊！

她拨通了丈夫的电话，没容她分辩，就听丈夫说我在开会，回了老关，坚决不要。

老关说，这怎么行呢？我现在就在你楼下的物业公司，我丢给他们就走，你来拿吧。

秋老师急了，说我真的不住月亮湖，你可不要乱丢。

你住月亮湖的，我知道，老关肯定地说，你家的电话就是月亮湖地区的号码，我不管，丢在物业公司，我走了。这一次老关是铁了心，要把螃蟹丢在小区的大门口了，老关的语气就是这么肯定。

秋老师更急了，秋老师像对好朋友一样，真诚地说，关厂长啊，你怎么这么想不开呢？你拿回家去，自己吃多好，和老婆孩子一起吃野生蟹的感觉多好，你在冷风里转，何苦呢？

老关想，说什么牙疼话，我想在冷风里转啊，你下来把螃蟹拎走，我就回家了，我老弟自己圈养的，又不是买的，算什么礼啊，我家里都吃过了，下来吧，好吗？对这样的女人，真是轻不得，重不得，老关跟哄孩子似的对她说。

老李不同意，我不敢拿啊，他会骂我的。秋老师幽幽地说。

哈哈，老关笑起来，老关听出了秋老师语气里的弦外之音，女人戏快唱完了，再出一拳，这女人就下台了，老关深深地吸了口烟，全咽了下去，信心重又回到了老关脸上。哼哼，老关干咳了两声，下巴一甩，摆出一副长者的语气，李局长怎么会骂你，局长夫人，别逗了，你们城里都是妻管严，哪有严管妻的，我敢打包票，他不会骂你。

真的，他会骂的。秋老师讲这话时，就像一个真的犯了错的孩子，等待着大人的惩罚。

老关不理这一套，老关也不相信这一套，老关想，厂子里上半年的产品还没有销路，再找不到用户，下半年就要停产。一停产，这几十号人怎么办？总不能再回头种田去，为了这几十张嘴，为了大把的票子，我一定要斗赢她，斗垮她。我就不信，我斗不过男人，还斗不过女人，输给局长罢了，他×的，输给这个小娘们，真是活丑。

老关果断地换了一种极严肃又悲壮的语气说，夫人啊，这不是别的问题，这是一个人的工作态度问题，我来送螃蟹就是我的工作，送不出去，就是工作不努力，我一个厂长都不努力，我怎么教育我的工人啊？所以说，今天，无论如何要把螃蟹送出去，这是原则问题，一个非常原则的问题。

那你就送给你其他的朋友吧。

这个女人怎么这么黏的，说话酸溜溜的，老关跺了两下脚，用脚尖把烟屁股在地上碾得扁扁的，好像碾的不是烟头，而是那个女人。

我一个外乡人，月亮湖哪里有朋友，你看得起我收下它，李局长不嫌弃我，我们做个朋友，也是我三生的荣幸！

我真的帮不了你，让我给老李打个电话，劝劝他好不好。秋老师心里说不出的难过，老关像个脱了口水的胶皮糖一样，粘在手上，甩也甩不掉。

秋老师挂了电话，就把电话线拔了，她再也禁不住这个男人的纠缠，她夹在两个男人的意志之间被他们揉搓，她在课堂上的雄辩和立场，此刻是这么不堪一击，现实就像铁器，永远比书中的理论强硬。

秋老师倒退到沙发上，随手拽过那张澳大利亚羊皮，把脸埋在羊毛里，她的手一缕一缕地梳理着羊毛，她梳理过的地方，羊毛是僵直的无序的，而没有梳理过的地方，却是自然的有序的，微微地卷曲着，洁白又华贵，在白炽灯的照耀下，闪着一缕缕日光，给人一种沉醉的温暖，秋老师长久地沉浸在这温暖中。她想，现在好了，这家伙该走了，她站起来去接电话线，电话一接通，铃声又不依不饶地叫起来。

老关说，你怎么讲，我上来了？老关又端起了冲锋枪。

秋老师讲，打老李手机关机，我在找他，你不要占线，好让他回进来。

秋老师拨通了李局长的电话，秋老师说他一定要我收下，犟不过他，就收下吧。

你怎么这么犟呢，叫你不收就不收。

不是我犟，是他犟，我弄不过他，秋老师的嗓音里拖着委屈。

老关敢弄你，老关邪了，你说给我听听，他怎么讲的。

秋老师把老关的话重复了一遍，然后说，都怪你，都是你惹的祸，你整天不在家，还到处告诉别人电话，搞得我一晚上备不了课，明天区里来听课，我怎么办啊？秋老师都要哭了。

李局长说，好了，把电话挂了，去备课吧，我来找老关，他吃了豹子胆？

秋老师刚挂电话，铃声又响了。

老关说，你怎么讲，我上来了！语调里有一丝不易觉察的威胁。

秋老师说，你赶快挂电话，老李正找你呢。秋老师心里有一种兔子逃逸的感觉。

秋老师总算坐到书桌前。刚坐下，电话又响了。

"还是你狠！"老关只说了一句话。

秋老师当头浇了盆月亮湖的凉水。

老关说完这句话，就挂了电话。老关拎着螃蟹，往月亮湖外面走。老关咽不下这口气，老关想，从螃蟹上市，儿子就闹着要吃，我都没舍得买一只，今天老子一大早就赶到洪泽湖，买了第一网，赶过来送给你们吃，你们都不吃，我送了一个晚上都送不掉，我送的是螃蟹，又不是毒药，还说什么送到牢里，多难听啊，一点同志情都没有，比我们乡下人真是孬多了，我就不信我这么好的大肥蟹送不掉。

不就送几只螃蟹吗？老关边走边自言自语。连几只螃蟹都送不出去，算什么男人，再拎回去给他们看见笑死了。关厂长送了一天的螃蟹都送不掉，连城里局长的毛都没摸到，关厂长这脸往哪搁啊。

这时，一个年轻的女子从老关身边走过，真是天赐良机啊，老关抖了抖嗓音说，美女，这蟹子送你了。美女看看他，又看看蟹子，掉头就跑。

老关说，中邪了。又见一个主妇牵着孩子走过来。老关说，大姐，这蟹子送你了，声音缥缈得在空气中都连不成句子，妇人像没有听见似的，走过去了。老关说，我怎么这么晦气呀，连送礼都送不掉。老关真是沮丧，忽然眼睛一亮，一个民工模样的小子走过来，老关清了清嗓子，迎上去，像唱大戏的那样，一字一顿地唱道："哥——们——送——了！"唱完就递过蟹子。

这可是你说的，小子说完，拎着螃蟹就跑。

老关松了口气，总算是送掉了，这是儿子最爱吃的大肥蟹，老关接着唱道："菊黄蟹肥哪，秋天的蟹子了，他不是我儿哪……"

突然老关打了个激灵，大吼一声，站住！老关追了过去。

原载《清明》2002 年第 1 期

行为艺术

　　不是每个女孩都愿意把自己的喜好说出来，就像我。每天都要去超市，也不买东西，就去看看那货架上密密麻麻的商品，特别是那些平时买不起，包装又好看的，看多了，就觉得是自己的了。超市的东西，一旦变成自己的，心里就特舒服，东西放在超市和堆在家里，没有什么区别，东西就是东西，人就是人。

　　我逛超市，还有一个秘密，不好意思讲。我喜欢在排队结账的地方，偷看人家手推车里挑选的东西，我站在队伍中，装作若无其事的样子，打码机扫描的"嗒"一声，刺激得我兴奋无比，就像乐队的架子鼓，棒极了。我根据那些人买的什么东西就能知道他们喜欢什么。我想，我就喜欢男生，这不，我已经看见了目标，我的眼睛开始锁定他。

在超市，我站在辣酱货架边，仔细地看一瓶酱的成分。一个穿白T恤、黄休闲外套的男生一头冲过来，高高的个子，抻了一把衣领，就瞥见他手里紧攥着的一大把绿箭口香糖，"哇"，这不是一个活脱脱的帅哥、款爷？我从来没看过人家买这么多的口香糖，他竟然朝我走过来，站在我的旁边，脸上的肉有细微的颤动，腰豁得厉害，胸口窝成一个半弧，像张开的老虎嘴，口香糖正往虎嘴里游移。我的心扑通直跳，不敢往下看，我怕我的目光会打扰一个行为艺术家的表演，他这样地投入，忘了自己，只有口香糖是他的道具。他扰乱了我看酱菜的好心情，我绕到边上去，眼睛还是忍不住朝他乜去，谁叫他长得这么帅呢。

我说过，我喜欢男生，还是艺术家，就更叫人痴迷。这时，我看他把货架上的八角和花椒包装袋，一大把又一大把地塞进了虎嘴，绿花花的袋子进了虎嘴就没了，他表演得也太夸张了，巧克力，喜之郎，什么不好塞，要塞这些不好吃的东西，我想，也许是我不懂艺术，选的都是绿色系列，自有艺术家的原因，我的无知一下子就暴露出来，万万不能给我喜欢的艺术家发现，我赶紧溜走了。

到了前面一家上海人开的超市，继续看我的酱。这下没有帅哥来了，我好安心记酱的品种、价格、成分及产地，又去记记小芹吃过的麦士圈，虽然我没吃过，但也比吃过的小芹更清楚，无可置疑，谁是麦士圈的真正主人，吃过和没吃过，只不过是瞬间的事情，放在我肚子里和放在小芹的肚子里，没有区别。

　　街口的风吹过来，法桐树的树盖遮住了树上的星空，也遮住了树下的我，枯叶沙沙作响。我站在银行的自助取款门外徘徊，不知道街口会不会有帅哥过来，好让我有机会邂逅，天色渐晚，是回家还是逛前面那家法国人开的超市，犹豫间，天哪！我看见了我的帅哥，刚才的行为艺术家，他就在我面前！

　　我的心呀，怦然而出。他一定注意到我了，才走到我面前，是我的长发还是香水的味道打动了他？我不知道，也不清楚要说什么，我把期待的目光递到他眼睛里，他竟然闭着眼睛，好像什么都没有看见，又好像电影里那些等待对方亲吻的脸，慌乱中，他擦肩而过，我们就这样失之交臂。

　　我走到那棵大树的阴影底下，躲在树荫底下的我，就好像藏在暗处，暗处的人如同披了遁衣，有了偷窥人的法眼。我这样看艺术家的时候，心里坦然多了，目光就像长了架子的高倍望远镜。再搜寻到他时，他顺着街边的一个空楼梯走下来，腰里空落落的，弓得更厉害了，手里多了一个超市的手提袋，装满了物品，走到那家上海人开的超市，他把袋子藏在门口小孩子骑的电动小马下面，风吹得袋子哗哗响，又从远处刮来一只鼓满了空气的塑料袋，塑料袋沾满了灰色的颗粒，一定是在街市的夜风中，溜达了很久，自在地又滚又跳，像醉了的人。他伸手一把捉住它，把它挤扁，在马肚子下掖了又掖，唯恐露出袋子里的秘密，站在超市门口，朝里张望，他望谁？为什么不进去呢？

他勾着脑袋，朝里张望的样子，要不是被玻璃门隔着，他修长的身体简直就像旋风，忸怩着，一半在门里，一半在门外。他左边跨两步看看，右边跨两步看看，来回地跑，傻子都看得出，他在看一条条货架上的东西，每条货架的货看遍了，不进去，却转身走了，朝门口停的自行车车锁弯下腰，捣鼓一阵，又换辆自行车捣鼓，一辆车也没弄开，就取出了小马肚子下的袋子，款款而去。

他朝躲在树下的我而来，走开还是迎上，像一对冤家，在树下撞击。

上海超市的保安追过来，拍拍他的肩，就拽开了他手中的袋子，保安把袋子里的物品翻来翻去，好像没有他们超市的东西，就松了袋子回头去，迎了后面跟来的女店员，他们耳语着，心生怀疑，又朝他追去，却最终放了他。

我不知道我喜欢的行为艺术家竟是这样的人，我不懂艺术，就特别崇拜懂艺术的人，我和小芹都以为，大凡行为古怪的人，自有他的道理，就像行为艺术家，他们所做的一系列行为艺术，像我们这样的凡夫俗子，怎么能搞懂。但是，我再喜欢帅哥，也不会沦落到不顾他是一个偷儿，不要说我自己看不起自己，连小芹知道了都会笑，我向来疾恶如仇。我决定去警局报案，带警察去追捕他，我看着他走远的方向，血往头上涌。

在警局门口，我碰到几个正要出门夜巡的巡警，他们冷静地看着我的眼睛，他们看我眼睛的时候，我就非常老实地讲刚才看到的经过，叙述的过程中，他们的目光已经变得非常和善友好了，他们给我递来一杯纯净水和一把椅子，好几个人围着我，他们不在乎经过，也不问他往哪里逃，只问我他的身高、年龄、长相。我知道你说的是谁了，其中一个说，就是那个粉呆子，抓过好几次了，没得用，还要管他饭，毒瘾犯的时候，吐得一地都是的，到处滚。有一次，他给我们抓到，风衣里面全是口袋，一层一层的口香糖，倒在草地上一大堆。

偷那么多口香糖，有什么用？好销赃啊，随便哪个小商贩，三文不值两文兑掉，马上就去买毒品，不吸毒就过不去，没得钱吸，就偷。这是什么日子，不如去戒毒。毒品不能沾，沾上就完了。

这样的人生不如去死，我愤恨地说。

人真到了要死的地步，还是怕的，死也要有勇气，有尊严的人才不怕死，粉呆子连人格都没有了，人不像人，鬼不像鬼的，吸光了家产就偷，偷不到就抢，抢不到就行凶啊。巡警告诫我。

这夜，我怎么也睡不着，那个帅哥的影子老在我脑海里晃，他真是倒霉，为什么要吸毒呢，不吸毒，也许他就真的是一个行为艺术家，一个帅气的艺术家，是多么讨女生喜欢。遇到了，我和小芹谁也不会相让，可如今，却这样。他是怎样开始的？那个引诱他吸粉的人，多可恶！我真恨他。人生有的错可以改，有的错是回不了头的，我不想他去偷去抢，他不是蟊贼，不是强盗，他是男生，我喜欢的男生。

原载《雨花》2004 年第 3 期

童年与少年

第一节

　　1970 年的夏天模糊而漫长，日光像白霜一样战栗。清晰的镜像是穿大头皮鞋、戴大檐帽的户籍警来查户口。我和弟弟正在地上玩耍，母亲紧张而惶恐地在箱子的衣服里搜寻那唯一能证明我们身份的户口簿，如果找不到这本户口簿，我们在大地的存在就显得荒谬。母亲的慌张导致的动作迟缓，给我们的存在蒙上了迷雾，穿大头皮鞋的年轻男人显出了他的不耐烦。我承接过母亲的慌张，幼稚的心里正应验着一种未知的惶恐，这惶恐必然降临，只见他飞起一脚把我踢到屋角，再飞起一脚把弟弟踢到屋外。在我们像球一样被踢来踢去的过程中，母亲终于抖抖呼呼地把户口簿交了出来，户口簿上的三个名字和地面上的三个动物没有出入，空气开始流动。

穿大头皮鞋的人去了台阶上面的那户人家，那户人家的万妈妈，是居委会副主任，她的丈夫是部队的转业军人，在部队练兵的时候，腿受过伤，转业拿到了几千块钱。万妈妈有了这笔钱，很奢侈地吃了好多年，所以，万妈妈家的孩子，个个长得人高马大。

万妈妈的二儿子比我大，他已经上小学高年级，个子老高，穿着他父亲的大头皮鞋，优越地在家门口摇来晃去。在此之前的记忆里，我瘦弱的小手已经开始洗碗，用一只豁了边的小铝盆，铝盆的身体长满皱纹，它的豁嘴还打了两眼的补丁。我舀一瓢清水，蹲在红砖头铺就的院落里。大头皮鞋走过来，轻轻一脚踢翻铝盆。我蹲在地上，不敢言语，低眉顺眼，期待他走远，再去打一盆清水，他却转身走了回来，又是一脚踢翻。一次，他踢翻铝盆之后没有离开，而是继续把我洗过的一垛瓷碗踢倒，我生怕哪只碗被踢破，如果母亲发现碗破了，挨打受骂的一定是我。

走吧，走远吧，踢碗游戏快快结束，我祈求。无助的人，内心恐慌、愤怒，但我忍住了。那个时候的我不会哭，哭是要有资本的，哭是一种示弱，这种弱，可能会招致更大的恐惧降临。哭，也可以是委屈，可是，没有人会理会我的委屈，没有人会同情、怜悯一个洗碗的瘦弱小孩。那么，收起眼泪，忍耐。以后，我看见大头皮鞋过来，端起盆碗就躲。

如果，墙角里有一个灰姑娘，那我就是灰姑娘身边的一只红薯。我面呈菜色，大脑门下瞪着的一双惶恐的大眼睛，弱小的身子扛着一只大脑袋，像极了泥土里新挖出来的一只红薯。

我刚刚意识到美，意识到自己是女孩的时候，万妈妈家的小儿子不知道从哪里钻出来，满院子喊我山芋头。他躲在墙根，用砖头块砸我，放学的时候，冲我喊，山芋头来了，山芋头来了！那时，我羞愤，心跳加速，比灰姑娘还要胆怯地跑回家，急促地关上门，关上窗户。山芋头，会说话的哑巴；山芋头，和我没有关系。

第二节

金川河是内秦淮河的支流。三栋青砖灰瓦的四合院沿河而建，是日本人在民国时期留下的建筑。这些形态各异的老宅里住了很多的普通住户，门前是大片的菜田，菜田的北端，有两间破旧的瓦屋，瓦屋的泥巴墙角搭了间草披，草披里住着一个哑巴，哑巴是生产队的壮劳力，哑巴的哥哥也是生产队的壮劳力，哑巴嫂子在那两间破屋里哺育着她的几个孩子。

哑巴歇工的时候，总是蹲在菜田最北端的大树底下，看见小女孩儿过来，他把左手拇指和食指圈成一圈儿，右手食指伸进去又出来，然后低头看着路过的小女孩儿，手指女孩的身体局部。哑巴邪恶地笑，不怀好意地笑。这时的哑巴是快乐的，开心的，笑容流淌到了耳朵根。踢毽子的小女孩儿感到了侮辱，朝地面吐口水，呸，呸，踩踏。哑巴突然就愤怒起来，愤怒的哑巴扭曲着脸，转身四下里搜寻碎瓦片，捡起来就砸，令所有在场的小孩儿逃之夭夭。

星期天的午后，万妈妈家的骨头汤香气在整个四合院上空盘旋。吃不饱饭的哑巴，隔了广袤的菜田，闻到了空气中的肉香。哑巴躲过哥哥嫂子，幽灵般地蹿到万妈妈家的台阶上。这个时候的哑巴是胆怯的，负有使命的。即便我们一群小孩跟随着他，他也不撵，他右腿踏在万妈妈家的第一级台阶上，左腿承受了身体的大部分重量，他面带微笑，像一个隐匿在乡间的绅士，虔诚地伸出他骨节粗大的黑手。

一向朗声大调的万妈妈，这个时候是安静的，她正在洗碗，腰上系了一条蓝布围裙，不声不响地把一碗骨头汤泡饭递给哑巴。我们几个没有吃过骨头汤的孩子，围在哑巴身边，看哑巴狼吞虎咽，喉咙里使劲往下咽口水。要是万妈妈给我们吃一碗多好，我和弟弟有多少个下午都沉溺在给我们一碗的幻想中，能吃一碗骨头汤泡饭，多好，转而又想，母亲知道，一定撕破我的嘴。

糙米饭，腌菜。腌菜，糙米饭。顿顿复顿顿。没有油水的肚子，饥饿就像赛跑的兔子。万妈妈家对门的两个孩子，一定是饿急了，兄妹两个用板凳垫着，踮着脚尖，偷吃了万妈妈家碗橱里剩下的油条。偷吃人家的东西不好，内心却羡慕偷吃的勇气。

油条，焦黄香脆的，吃完把手上的油抹到头发上，嘴唇上油嘟嘟的，在一群小孩中很是耀眼。有人吃了油条，我们没有吃的也能感受到吃油条的快乐。贫瘠中的一点滋润那么少，却在一群饥饿的小孩中传递出欢乐和希望，希望春游的时候，自己能吃上油条。

冬天来临的时候，雪花在大地上飞扬。我的小手冻得像胡萝卜，脚底下也是冰凉的，鼻尖顶着窗户的玻璃，仰脸看去，雪花啊，竟然是七彩的，她们透明的翅膀欢快地跳舞，她们自由，没有拘束。苍茫的大地静默，等待，好像一个新郎在等待他的新娘。新娘撒尽欢乐，屋顶上、枝梢上、黝黑的大地上，这些自由的灵魂，伸进每个角落，丝丝缕缕，沉湎大地。

我推开屋门，惊讶地发现，昨晚还是漆黑的大地，变成了雪白的羽纱，踮起脚尖，轻轻踩下去，雪地上留下了细碎的足印。站在蜡梅树下，每一片花瓣上，都有雪花亲吻的印迹。枝头下，更令我惊讶的是，一个裸体的光屁股女孩蜷缩在那里。另一头，蜷缩着她同样裸体的哥哥。

两个裸体的孩子，偷吃了万妈妈家的油条。我听见大人议论，偷吃油条的小孩，已经挨过打，但是，打已经不管用，有什么办法呢。以后的日子里，我依然会在雪天的早上，看到他们赤裸地蜷成一团的身体，抱着头，像球一样。我去金川河岸的水池边打水的时候，不敢看他们的身体，把脸扭向一边，装着无事人一样。穿着棉袄的我很冷，下意识地捏了一下水桶的铁丝把子，铁丝把子又硬又凉，像冰一样。他们一定更冷，寒冷是会传导和加深的，这样的冷，使我心里苦涩地难过。他们总是重演这一幕，没有因此而记住，还是因为他们对饥饿的持续反抗？

第三节

一九七〇年，这多事的一年，激越、亢奋、咆哮的一年，我的不谙世事的心灵，渐渐听到大人的一些私密耳语，这些耳语使我敏感地意识到，穿大头皮鞋、戴大檐帽的人还会来查户口。老远看见那个查户口的来了，四岁的我和弟弟转身就跑，已经无法从院子正门出去，跑到院子的尽头，沿着金川河的河床，一直向东。少雨的季节，河床干枯，落满枝叶，我们在枝叶间穿行，紧张、神秘，像猫一样狡猾。

如果金川河的河水涨满，河床里的水会掩盖沿河的秘密。暴雨的季节，夜里醒来，河水会突然涨满大地，我们惊讶地发现，鞋子漂浮到床面一样高。我的伊表姐就是在那个河水上涨的夜晚，梦正在月亮背后飞行的时候，被震耳的敲门声惊醒，睡眼迷蒙中，冲进来一批穿大头皮鞋的人，大头皮鞋用手铐和绳子把她新婚的丈夫捆走了。她的丈夫是地主的儿子，地主的儿子还没有来得及和她说一句告别的话，眨眼就消失了。

河床露出水面的时候，潮湿的树叶散落在河床上，我们扒开腐败的枝叶，知道了伊表姐的秘密。那天，母亲把我们关在家里，不让我们出去。两个瘦小的身体趴在椅子上，望着高高的小窗户外面，外面是广袤的田野，隔着河流，隔着哑巴家的破屋，我们隐约听到了汽车的声音，呐喊和口号的声音。伊表姐和表姐夫被游街示众。

伊表姐躺在产床上，母子血肉相连，感受到两个孩子呼吸的停滞，她的身体血流如注，轻飘飘的，没有了重量，她感到了飞升的自由和虚无，她想回到大地的怀抱，大地深处的沉默和律动，是宽厚的、仁慈的、温暖的，像母亲的子宫。

猫咪死去的时候，我们在河床边的桑树下，挖了一个长条的坑，把它轻轻地放进去，像它睡着的样子，期待它的身体变软、有动静，跟我们一起回家。记得它刚生下来的那天早上，我还没有醒来，它就死了，硬了，被丢在了河床上。中午的时候，阳光普照，微风轻抚，它竟然软了，有些蠕动，跑回家告诉奶奶，奶奶叫我把它抱回家，我和弟弟的四只小手，那么隆重地把它捧回家，它像其他新生的猫咪一样吸奶，长大。

可是，这一次，它没有复活，终究是死硬了。它受了外伤，肚子上的黄毛染了紫颜色的药水，奶奶小心地给它上药，为它祈祷。它被奶奶家隔壁的新郎官打死。土坑里的猫咪死了，我们忧伤地看着它，悄悄道别，把它葬了，折了一些桑树的枝条盖在翻新的泥土上。河床上的野树繁茂，桑树的黑色果子被我们总是饥饿的肚子猎食。

月亮爬上枝头，高高地挂在天上，我的二表哥黑着他饥饿的脸，裹了一床破旧的草席，像雨天里一把流动的油纸伞，悄悄溜到医院。他像飘浮的幽灵，把伊表姐的两个孩子抱走。一路上，左顾右盼，仿佛是小偷，行走在中山路上，出了中华门，大路上没有一个人，他疾走，潜伏到雨花台的一座荒山里，外祖母的墓地上。确定四周无人跟踪后，他在外祖母的坟地边缘挖了一个土坑，把两个婴儿埋了进去。墓地拥挤、羸弱，两个纯洁的躯体给大地积贮了新的生命。

伊表姐告别了过去，回到地面，迎接她的依然是次第渐近的荒诞。伊表姐说她是世界上苦命的女人，这个苦命的女人一直沉重地活着，缓慢地行走在大地上，像她爱唱的歌一样。

伊表姐在建筑联社做油漆工，被海政歌舞团招去，唱女中音。她的父亲是油坊老板的儿子，在民国时代做过警察，伊表姐出生不久，父亲就开始劳动改造。伊表姐政审不合格，被退了回来。但是，她的内心一定有细微的欢乐，像金川河枯竭期的细流一样流淌。

我的祖父咽下最后一口气的时候，金川河在流淌，一家人的眼泪在流淌，院子里的天空和院子外的河流，交织着人的欢乐和悲伤。

第四节

油菜花开的时候，大地的激动浮出了地表，呈现给我们灿烂的青色和黄色，黄颜色的细碎花瓣，塞满了小孩子的心头。我们喧嚣，像焰火喷射到天空。风一样地追跑，在草地上打滚，嘶叫，想逃到天上。

哑巴的哥哥警觉地拿了扁担出来，哑巴的哥哥没有挑粪桶过来，而是追着我们来的。我们像木偶一样立定，转瞬间，了无踪影。趁哑巴的哥哥去河的对岸收菜，我们猫着腰，泥鳅一样窜到菜田里，撷菜薹吃。

深秋的风景是凉的，菜农种小青菜的时候，心安气静，他们勤劳的手在梳理大地，抚慰大地。坐在四合院的后门口，看男男女女的菜农在地里移动，背后，是一畦畦青菜的展露，像蜗牛爬过的痕迹。只两三天的工夫，蔫头蔫脑的青菜，吮吸了大地的乳汁，站立起来，我的心里拾起了散落的希望；菜农浇过粪水的青菜，一夜间会变得枝叶肥壮，欣欣向荣，成长的欢乐流淌心田；菜农收菜的时候，整齐的青菜一圈圈码在竹编的大箩筐里，一青二白，像花朵一样美妙。这是青菜的舞蹈，青菜的盛宴，青菜的富足。

季节更替，岁岁枯荣，农人午睡的间隙，我伫立在菜田边，一次次在心里想象，把那最漂亮的几棵偷走，我在心里偷了无数次青菜，对菜农充满羡慕，他们拥有满筐满地的青菜，他们在大地上种出了美如花朵的青菜，他们是大地的主人，他们拥有大地上最多的欢乐。这欢乐在我心里流淌，在金川河里流淌。我心里的小河，河堤上生满茂密的树枝，这河的源头从这里来，流向哪里？

第五节

二姑妈在市中心的一家电线电缆厂工作。早晚间，她在金川河的河堤上开垦了菜地，种了几畦青菜，几畦白菜，这些菜地养育了我那些吃不饱饭的几个表哥和伊表姐。唯独大表哥，他在孤儿院长大。

一定是为了划清和父亲的界限，大表哥才去孤儿院生活的。没有哪个亲生父母愿意把自己的孩子送到孤儿院，也没有哪个小孩愿意离开家庭。当然，更没有孤儿院会接受父母双全的孩子。大表哥为什么去了那里，他是用怎样的方法去了那里？我在成年以后才略知一二，真是一言难尽。只能说，一个人，要想活下去，那是唯一的一个生活和存在的办法。一个家庭，在兵荒马乱的年月，都有过一个信念，即便是全家覆没，也要把根留住，留下一颗种子，留在世界上。人类世世代代，是不是这样繁衍下来。人被逼到绝路的时候，所有不是办法的办法，都有可能成为办法。

大表哥知道自己的处境，他读书很用心，他大概觉得他那样出身背景的人，读好书，才有可能找到出路。他总是熬夜看书，点燃的蚊香烧着了蚊帐。上天总是眷顾那些愿意付出的人。像我的祖父、伯父、父亲等家里的男丁们曾经走过的道路一样，大表哥如愿考取南京大学，在物理系念书。

关于那顶蚊帐的事，时间把它演化成了美谈，成了激励后人好好读书的范例。蚊帐的故事在我们家里流传，在邻里间流传。当然是那些想要孩子好好念书的人家。不过，我们那里这样的人家很少，我们那里的人家孩子都喜欢打架，打群架。我几乎没有在邻里家听过这样的故事，除了隔壁的闻鹃姐姐知道这个故事，倒是我的小学老师何云英，闻鹃姐姐的妈妈，何大胖子对我说过这个故事。

那个时候，每个星期天，大表哥都要回来。奶奶窗户外面的白杨树，叶子哗啦啦，猫咪仿佛是知道了小主人要回来，格外地高兴，跑出跑进。大表哥和我的堂哥，也在南大物理系念书的大三学生，结伴回来，探望我的奶奶，他的外祖母。家孙子和外孙子，奶奶是泾渭分明的。家孙子吃面条的时候，蓝边大碗底下藏了四个鸡蛋，外孙子吃面条的时候，面条底下还是面条。这个时候，家孙子很尴尬，他把自己碗里的鸡蛋拨两个到外孙子的面条碗里。我没有亲眼所见，那个时候，我还没有出生，是盼表姐后来告诉我的。其实，奶奶的生活并不宽裕，她自己是舍不得吃鸡蛋的，她是拮据的，已经倾其所有。

大表哥毕业以后分配在外地工作，在南方的一所大学教书，他还没有结婚，衣锦还乡的样子回来，心事重重的样子回去。那个时候，我出生了，有了模糊的记忆，三岁时候发生的事情，依稀记得。父亲从云南边界、缅甸的山里，把我放在担子里挑来，沿途的建筑，走到什么地方，看见了什么牌坊，现在说出来，这些模糊的记忆和父亲清晰的记忆是吻合的。

大表哥从金川河的东岸来到我们居住的院子，他的年纪应该和母亲差不多吧。他在白天里来，频繁地穿梭在母亲和大姑妈之间，他好像有点讨好母亲，帮母亲买了一架半导体收音机。后来大姑妈也买了一个，和我们家的一样。他耐心地教母亲使用，当然，他在物理系学的就是这个，半导体。他给母亲讲半导体的原理，讲半导体收音机的维护，陪母亲聊天，大步流星地在我们住的院子里穿来穿去。他在母亲身边说一会儿话，就找一个借口离开，去大姑妈那里。在大姑妈那里说一会儿话，又找一个借口离开。他手上拿着电笔、小起子，忙忙碌碌的样子，他当然不是一个饶舌的男人。在母亲和大姑妈的房子之间，要穿过阳台，穿过院子，这一段路，他走得神秘，左顾右盼，有什么东西使他着魔？这是一个秘密，一个男人的秘密。关于他来我们院子的秘密，我是在成年以后，改革开放了，才听说一点。

早春的下午，大表哥又来了，他是一个人来的。他总是寻找一切机会来到我们院子。这一次，他带了一个新鲜的玩意儿来，是刚刚兴起的不需要架子的照相机。他在菜田里选取镜头，吩咐我，去喊你盼表姐来，喊你爷爷奶奶来，喊你大姑妈、二表哥和小表哥。我瘦小的身体磕磕绊绊，兴致高昂地在院子和菜田之间穿梭。

菜田的青菜刚刚收获完毕，裸露的菜地坑洼不平。这个时候的农人是清闲的，不需要关照菜地的。没有哑巴哥哥的眼睛盯着，我们在菜田里欢腾。大表哥在排凳子，用瓦片垫凳子脚下不平的凹地，那块凹地曾经是某棵青菜的生长和栖息地。我和弟弟去闻鹃姐姐家，抬了一个长条凳子出来，我们的个头比凳子还高不了多少，凳子很重，两个小孩一头一尾地抬，但是，却抬得很高兴，心里有个期待，暗自知道，所有的亲戚都喊齐之后，大表哥就要开始照相了。在菜田里照相，多么新奇的事情，我还没有看过人家可以在菜田里照相呢。想照相的人，都是去照相馆，去那里照相的人，多是离别和惆怅。而菜田，菜农的菜，从来就是生机勃勃，菜农，他们播种了无数的生命，菜田是生的欢欣和收获的鼓舞。

等一大家子都到齐的时候，大表哥没有把我们排在队伍中间，连边缘都没有让我们站立，他的快门"咔嚓""咔嚓"。我心里的希望升起又落下。最终，大表哥把我和弟弟关在了他的快门之外，"咔嚓""咔嚓"的声音，把我们的童年关在了他的世界之外。我才知道，原来我是多么的渺小和卑微，一个遭遇亲情抛弃的小孩，她就是卑微，怯懦，无力反抗。

第六节

奶奶八十多岁的时候，总是背着我们洗脚，从来不穿袜子，三寸见宽的裹脚布，长长地拆了一堆，从脚尖一直裹到脚踝。裹成形的脚，像刚从锅里捞出来的熟粽子，又小又尖，特别饱满。

奶奶是北方人，三寸金莲承受不住高大的身躯，腰背呈九十度弯曲，和客人谈话的时候，双手撑在木质的大方桌上，慢慢地竖起又弯又重的上半身，微微地抬起头，三四岁的我，这时才看清了奶奶慈祥的脸。

奶奶善做面食。饺子是过年才能吃到的美食。平时常做的是萝卜豆腐卷子，豆腐卷子贴在锅底上，熟透的底子又脆又香，托住上面鲜美嫩滑的馅子和皮。还在烧大灶的时候，邻居小孩就躲在门外觊觎了，我和弟弟吃过豆腐卷子之后，一人拿一个出门，转眼就被邻居小孩争相要走。偶尔，奶奶有了一两颗糖果，她会包在纸里，悄悄地塞给弟弟，弟弟边吃边对我说，奶奶讲的，不要给你和盼表姐知道。

干净的早晨，几乎每天，都有一个拎着长塑料袋吆喝的人，从奶奶家门口路过，塑料袋里有一分钱一包的两种美食，是撕下的旧书或旧本子包成的圆锥体，圆锥体的空间里藏着猫耳朵（炸年糕）和炒米，我们的眼睛盯着纸包看，心思在纸包里流连，却没有钱买，吆喝的人唱道：猫耳朵一分钱一包，炒米花一分钱一包……想有一分钱，一分钱买一包，慢慢吃，会有很长时间的欢乐，纸包的诱惑绵长而久远。

我是怎样爬到奶奶的床上，又是怎样在她床上翻找到五分钱的硬币？现在，一想到这个问题，我会不自觉地把思路引开。有时候，我会逃避，当我自己面对自己的时候，也不能例外。有时候，我却固执地拽着自己回到那个下午，我和弟弟一边一个坐在奶奶的床边，她的大手牵住我们的小手，那些湿润而漫长的下午，她目光迷离，若有所思，凝视着无穷的空间。窗外的光线折射进来，被铁栏杆分割成两片，我看见两片光线中的尘埃在快速转动，这些比分子要大得多的颗粒在快速运动，连接了奶奶的思绪，把她推到久远的过去，奶奶在回忆什么，在想念她的小儿子吗？我们的父亲正在遥远的南疆，此刻，他在做什么？他早年跟在国民党军队后面跑到那里做什么？是奶奶为了把根留下。奶奶的牵挂和思念，使得这个下午绵延了几千里。

我在这个想念的时刻，会用我的两只小手抚摸奶奶手背上暴露的青筋，我在她的手背上，捏住青筋，再放开，看血液如何流淌。她的像男人一样粗大的手，在我的手里安静而木讷，我看看奶奶的脸，摸摸她的手，看看弟弟在干什么，他也在摸奶奶的手，我们无知而本能地在奶奶的手背上检索她的生活时空，就在奶奶转身去堂屋开炉门、准备忙些什么的时候，奶奶床头的针线盒子吸引了我。

我不能抵制猫耳朵一天两遍地呼叫。我在针线盒子里急躁地乱翻，意外的惊喜是一枚五分钱的硬币呈现在几颗扣子下面，我把五分钱的硬币揣在手心里的时候，惊喜和罪恶纠缠不休，心跳到了门外，我很快地逃离了奶奶的小床。

好几天，我都不敢去奶奶家，怕她发现了问我。后来奶奶没有问我，奶奶的代言人，盼表姐也没有发问。依我现在的判断，她本来就不记得针线盒子里有五分钱。原谅自己吗？有时候，我会原谅自己，原谅自己的理由是奶奶不知道，她压根就忘了那五分钱。还有一个理由，善良的奶奶即使知道了，也会宽宥体谅我。

现在，我已经有勇气去向她忏悔，求得她的宽恕。我想象自己回到从前，坐在她的身边，双手放在膝盖上，双腿并拢，正襟危坐，笑不露齿。按照奶奶的一贯要求，表现规矩的样子，等心定下来，等她注意到身边的这个小人儿的时候，悄悄地过去，坐到她的身边，把手放在她的大手心里，温柔羞怯地告诉她那个秘密，她会一笑了之吗？这个昔日的大家闺秀，她一定会的。

温柔地对待她，是她最初给予我的温存，日后长大的树荫。我藏在这片树荫下面，羞怯，即便是对奶奶说这样的事情，也是难为情的。但是，那双大手呢？金川河的老屋依旧，我童年记忆里最初的温存依旧，它埋在泪腺的里头，大手却不复存在。不能原谅自己，那一幕太清晰，清晰的时空，连颜色都是新的，无法被时间的尘埃遮蔽，它摊开在那里，随时会被风纹吹开，一次一次地展现，愧疚就是这样折磨人。

我没有看过奶奶一步一步地走路，她只是靠移动碎步来挪动身体，打水和倒水都叫我和盼表姐。一天，我在外面玩得无影无踪的时候，奶奶自己去倒水，滑倒了，无声地躺在地上，爬不起来。闻鹃姐姐看到后，惊呼了好多人，把她抬到床上，奶奶再也没有起来。她在床上躺了几个月，隔了几栋房子，我远远地就听见大姑妈、二姑妈悲怆地恸哭，哭声惊天动地，我知道，一定是奶奶死了，我没有奶奶家可去了。

如果，那天我没有出去玩，而是在奶奶家帮奶奶倒水，奶奶就不会滑倒，就不会死了，是我害死了奶奶，我不敢告诉大人，心里不能原谅自己，我内疚极了！

大人找来了住在铁路边的专门打棺材的木匠，用奶奶睡觉的床板打了一副又厚又重的大棺材。打好的棺材放在堂屋的凳子上，棺材外面漆了一层黑亮亮的油漆，神秘而恐怖的样子。我幼稚的心朦胧地感知，奶奶的床没有了，她以后就睡在那个黑黝黝的大盒子里了。棺材封盖钉钉的时候，母亲和盼表姐来带我和弟弟去见奶奶最后一面。我和弟弟害怕极了，弟弟在母亲的怀里一边挣扎一边哭，身体呈弓状，拳打脚踢，不肯去。

奶奶最疼你这个小孙子了，奶奶最疼你这个小孙子了。母亲边说边强行把弟弟往外抱。恐惧和内疚啃噬着我的心，我大气不敢出，牵着盼表姐的手，跟在母亲后面，到了奶奶家。

奶奶的棺材安放在木凳上，大人把我抱起来，我看见睡在棺材里面的奶奶，那么慈祥安静，一点也不像姑妈哭得那么可怕。奶奶的左手牵了一挂铜钱，右手牵了一挂好吃的，奶奶身体的空隙放满了像"猫耳朵"那样一包一包的东西，但它肯定不是好吃的"猫耳朵"，它没有"猫耳朵"包得光滑整齐。

我问大姑妈，放这么多纸包做什么？大姑妈说，纸包里的石灰杀菌，木炭防潮。我想不通，大人为什么要把这些平时不能放在床上的脏东西和奶奶放在一起，纸头破了，碰到奶奶干净的新衣服怎么办？

大人抱我的手略松了一下，往上耸了耸，重新抱紧我。我伏下身，去摸奶奶的大手，奶奶的手有点凉，没有像平时一样反牵我的小手，然后说，小狗汪汪叫，亲戚来到了，床头摸花鞋，裤子累掉了，扑通放个屁，亲戚吓跑了。我又去摸奶奶的前额，前额也是冰凉的。我想挣脱了大人的手，趴到奶奶身上，让奶奶最后一次抱抱我。可是奶奶一点都不晓得我的意思，动都不动，连鼻子都是凉的。我突然抬起身，告诉二姑妈，奶奶冷，盖被子。二姑妈的眼泪喷涌而出，母亲赶紧把我和弟弟带走。

走到奶奶的窗下，踩在松软的沙土上，我听到锤子锤钉子的一下一下清亮的声音，奶奶被他们钉在里面了，我再也看不见奶奶了。我哭起来，往回跑，母亲来拽我，我紧紧抱住奶奶窗外的白杨树，不肯走。

盼表姐和大表哥追出来。我看见奶奶窗下通气的地板洞，平时奶奶养的大花猫被弟弟追急了就往里钻，我顺势滚过去，往洞里钻，大表哥拽住我的脚往外拖。情急之下，我操起一把沙土向大表哥砸过去，我几乎钻到洞里去了，弟弟吓得大哭起来，我听见盼表姐在喊，颉柏，你出来，我带你去找奶奶。我满脸泥土爬出来，一把抱住盼表姐，我记着盼表姐是带我去找奶奶，也搞不清她往哪里走，就听见奶奶住的房子里传来一片惊天动地的哭声……

连续几天，我都在想，棺材盖钉钉之前，二姑妈到底有没有给奶奶盖被子？奶奶到底要去哪里？走多远？奶奶右手的那挂东西够不够吃？好在她的左手有一挂铜钱可以用。

第七节

奶奶走了以后，二姑妈来得少了。冬天的晚上，北风呼啸，不见行人，昏黑的路口，偶尔会出现她的身影，她疲惫而拖沓的影子，缓慢地移动在大地上。她的脚和我们不一样，小时候，她的脚是裹过的，后来放开了，她走路的样子，像电线杆的影子，歪歪倒倒的。我知道她要去哪里，内心窃喜，拉上弟弟，尾随着她。她从金川河的东岸而来，衣角上挂着我的小表哥，母子两个来串门，在她的姐姐，我的大姑妈的小东屋里，已经围了一圈人，这一圈都在等她，等她来说电缆厂的奇闻轶事。

昨天啊，我在三车间上夜班，夜里十一点多的时候，小学校的一个女教师走过来，她戴着眼镜，头发像蘑菇一样洁白，整齐地抿在耳后。二姑妈告诉大家，白头发的女教师在家和丈夫吵架，前两天吊死在自己家的门头上。

难道，人死了还能复生？你看见了她的鬼魂？大姑妈神秘地说。她的样子一点不怕人，跟活着的时候一样。但是，她跑到电缆厂做什么？她要去找什么？我的脑子里装满了这些想法。后来，二姑妈又接着说，我听到一个小孩在哭，回头望去，原来是个大仙，它看到了我，它藏在电缆下面，两个工友把电缆抬起来，大仙"唰"的一下，就没了踪影。小孩的哭声还在，我们循声找去，大仙带了一个红狐狸来了，夜里两点钟，吓死我了……

上了煤的煤炉，煤气浓烈呛人，看得见空气中的灰蓝色，我呛得咳嗽，想出去吸口新鲜空气，又担心二姑妈下面讲的神秘事件被我漏掉。电线电缆厂有多少大仙和红狐狸的奇闻轶事，好像二姑妈的所有夜班，注定要和这些仙踪相遇，她的表情神秘而诡异，叙述神奇，我在心里悄悄希望她和灵异能有更多接触，灵异的世界使我的心里有一种无限的延伸和期盼。

成年以后的我，心怀好奇地去过一次电线电缆厂，干净的厂房，整齐的车间，坐落在市中心的三元巷，压根就没有传说中的草地和大仙可以驻足的地方。那些歌声和哭声，那些大仙和鬼魅，一定是二姑妈心里的，她心里藏着它们，它们在夜晚降临，她的孩子们熟睡的时候，她一个人，飞到它们的世界里。她困顿，迷茫，艰难地拉扯着一大家子的生活，藉此，有了缓释的通道和对未来的希冀。

冬天来临，第一场大雪落下。小表哥已经上小学，上课铃声打过了，他怎么不去上学，他跑到学校外面来干什么？小表哥神秘地说，昨天夜里，我没有回家。我和弟弟仰脸看他，去了哪里？小表哥说，我去了南京长江大桥，夜里的大桥全是灯笼和划船的人，有两个人在船上唱戏，一个男的穿了黄颜色的戏袍，一个女的，头顶上有金钗。我坐在船上，手摸到了长江里的水，我还看见红颜色的大鼓，两个长胡子的爷爷在喝酒呢，我都闻到酒香了，雪下到江里化了，江水很冷，一个浪打过来，将船掀翻了，唱戏的人，喝酒的人，都不见了。

我急了，问他，那你怎么办啊，你会淹死的。我每次走在长江大桥上都异常害怕，怕桥会突然塌掉，怕被淹死。我在桥上走的时候，看着滚滚的江水，在心里无数次想象，桥在哪里塌下，我掉在船上吗？一定是掉在江水里，呛水，淹死，我怕死，掉头往回跑。我担心小表哥会死，担心船上的那些人会死，小表哥神秘地捂着我耳朵说，我不会死，我会游泳。

大桥建好的那年，父亲探亲回家，他和大伯带我们去长江大桥，走到一半的时候，我突然异常害怕，再也不肯往前走。这个时候，桥上的高音喇叭在宣传……正和父亲谈笑风生的大伯忽然呆若木鸡，立定在桥面上，无心再走，率先掉头回走。回到家，他拿了包裹就要走，去他在外省工作的地方。我看见奶奶盛好了饭菜，目光凄迷无奈，奶奶说，不管发生什么事情，饭是要吃的，吃过饭再走。

等我一下。背着书包的小表哥转身就没了踪影。我和弟弟满院子里找他，不见。突然，头顶上，有一架好大的飞机飞过来，飞得好低啊，好像要落到房顶上了，要是把我们住的房子压坏怎么办，我和弟弟去拿竹竿，想用竹竿把它够到院子里，然后爬到飞机里面，看看飞机里面的样子。竹竿又长又粗，不容易拿出来，两个小孩把竹竿抬到院子里。飞机已经离开院子，飞到屋顶上去了，我们踮起脚尖去够，够不到，飞机没有压坏房顶，它飞走了。我看到那么长的竹竿，离飞机好远呢，那个开飞机的叔叔，一定是看到竹竿来了，他就把飞机开高，竹竿够不到了。

我们去金川河岸找小表哥，河堤上的雪又深又滑，黑色的河水像一条扭曲的大蛇，缓缓地移动。菜田里的青菜被大雪覆盖，绿色的叶子尖尖露在雪的外面，像寒冬里的一个个孩子，裹着白色的羊毛围巾。大雪不会把青菜冻死，大雪会把青菜里的青虫冻死，青菜的叶子青青地浮在雪的脸上，生命的欢乐放在雪的脸上，多么漂亮，生机勃勃，我见了心里欢喜，开始打雪仗，在河床上打滚。小表哥他去了哪里？他一定去了那里。下课的铃声响了，这个时候，小表哥突然出现了，我坐在雪地上问他，你刚才去了哪里？

我去了玄武湖。小表哥神秘地说。记忆中的玄武湖有多远？远得必须是大人带我们去才能找到。我们只认识金川河沿河的河堤与流水，岸边的菜田和头顶的天空。偶尔，小表哥会带我们去金川河东岸的家，二姑妈的家依河而建，门前有两棵高大的柳树，柳树下的小池塘会有蝌蚪，蝌蚪引领我们，那是我们跑得最远的地方。

春暖花开的时候，我们一群小孩会匍匐着身体，趁对面的一所学校门卫疏忽间，呼啦地，一群散开，猴子一样窜进去，我们总是这样冲进学校，门卫和几个老师迎面追出，这些泥鳅一样滑头的小孩，风一样窜到绿色丛中，散落开，没了踪影。哪里有花朵儿盛开，哪里就有撒欢的偷花小孩。春天的花朵那么浪漫，紫荆花紫色的颗粒聚集在一起，一串一串地点缀在枝头。有的颜色深一些，有的颜色浅一些，看深色的，看着看着，为深色所着迷，看浅色的，又被浅色迷惑。迷恋和眷恋就这样长出来。我在树枝下凝望，想象那瓷实饱满的颗粒会是什么味道，像糍粑的味道吗？想咬一口。

后来，含苞的栀子花儿露白了，羞答答地露了一线，却也是端庄地盛开了，飘香了，沁人心脾的香气。这味道，这高贵的白色，叫人沉醉的丝绒一样的华贵。花儿盛开的日子是我们的盛大节日，丁香花、栀子花啊，生活里没有什么比这样的美，激越，纯粹，令我们着魔，它引诱我们，把我们变成一群欢乐而疯狂的小兽。

而万伯伯的哮喘病，总在这个时候发作。据说野生的蛤蚧可以治疗。蛤蚧属壁虎科，主要分布于亚洲北回归线附近的亚热带地区，包括中国、越南、泰国和老挝。万妈妈想方设法去买，都没有买到。母亲知道后，写信给她在云南行医的哥哥，她的哥哥寄了一盒子野生蛤蚧过来。万妈妈欣喜万分地收下，她们在院子里打开竹编的盒子，像一对亲姐妹的样子，依偎在一起，借着夕阳的光，对蛤蚧指指点点，一只干硬的蛤蚧有大壁虎那么大。但我知道，只有这一会儿，她们是亲密的，蛤蚧进了万妈妈的家，母亲就再也不会跨上那个台阶。

后来，我们就躲在家里，不敢再去学校偷花了。因为，我们时常会听见救护车的叫声，凄厉、急促地从干净的天空中传来。我们本能地趴在窗户上，只露出两只眼睛，唯恐外面的世界发现我们。我们看到救护车风一样从学校大门里面窜出来，黑压压的人头、肩膀簇拥着，潮水一样漫出校门，渐渐形成游行的队伍。浩浩荡荡的队伍的尾端，跟了两个抬着担架的人，担架上的人一动不动，他是死人吗，还是受了伤？又出来一具担架。我和弟弟去床底下找钉子，我们想把门钉死。大人的世界充满恐怖，大人的世界和我们没有关系，千万不要被这些大人发现。多么担心那个抬了担架的人会往我们家里来，我们一直趴在窗户上偷看，直到游行的队伍不见踪影，抬担架的人走向大街的另一个出口，我们才放下心来，跳下椅子。

我去大伯的西屋里找报纸，用报纸把窗户玻璃贴死，贴好一层，有些透光，再贴一层，光线被挡在了窗户外面，贴到第三层的时候，外面的光线已经钻不进来。黑暗是恐惧的，此刻，我觉得，还有比黑暗更大的恐惧，就是窗户外面那些大人的疯狂。一个人的疯狂使我们逃离，我们逃到河床上，茂密的树枝遮蔽了我们瘦小的身体，藏在树干里，墙缝中。可是，一群人的疯狂，仿佛是世界末日来临般的战栗。

万伯伯哮喘病好一些的时候，他会出门散步。他个子矮小，肤色黝黑，戴了一幅宽边有色眼镜，脑门斜溜上去。他出门的时候，多是我在洗碗的时候，他穿着黑布鞋，从来不踢我的铝盆，不论有没有人在场，万伯伯看见我就唱，那曲调儿是他自编的，到现在都记忆犹新，像刻在门槛的青石头一样，两句台词：颉柏好，那个颉柏好，颉柏那个就是好。像唱小曲一样，挂在嘴边，饶有兴致地唱。这个时候，我不用东张西望，心里有了安全感，碗也洗得从容。

洗完碗，正要出门打水，看见万妈妈失魂落魄地跑进院子，她号啕大哭，悲怆的泪水使我惶恐和不安，我不知道发生了什么。一股黑色的眩晕像龙卷风一样卷过来，弟弟神秘地告诉我，他在窗下听到了枪声，是两颗子弹的声音。

暴雨来临前的黑暗，我们前后跑出院子，窸窣的声音仿佛来自四面八方，小路上有一些奔跑的人影，穿过稀疏的灌木丛，彷徨的脚步，像一股无形的风，在黑暗里寻找着一个目标。于是，我呼喊着，顺着那隐约的脚步追逐着，奔跑着，穿破无边无际的黑色。那些人影张皇失措，盼表姐裹挟在奔跑的人影里面。大头皮鞋在往家跑，哑巴的嫂子在河岸边跑，老师们在跑，小学校的院墙边，人像黑云，一朵朵卷过去，散开来，又卷聚到一起。我看见小学校的女校长，她庄严的样子像一块钢铁，她也在跑，然后，人群像墨汁遇到水一样化开。那一条通往小学校的菜地田埂，我们终于挤了过去。前面的大人挡住了视线，盼表姐看到了我们，她从人堆里挤出来，半蹲在地上，把我和弟弟揽在怀里，带回家，她告诉我们，那个地方有多么危险，你们两个小孩，不要去那个地方。

她惊恐的样子，把我们搂在胸前，我的脸贴在她的胸口上，听到她的心跳，那么强烈和慌乱。

小学四年级的时候，我已经认字了，磕磕绊绊地开始读厚书。我在院子的一个角落里，偷偷地看缪塞的《一个世纪儿的忏悔》，写的是缪塞本人和乔治·桑的恋爱故事，我还不认识恋爱的"恋"字，我把"恋"字写在纸上，偷偷去大伯的西屋问他。大伯一看就和善地笑了，是恋爱的"恋"字吧。揭破了真相，我的脸立刻红了，脑子飞快地旋转，不能给大人知道我看的书，看这本爱情的书是多么难为情，我对大伯说，书上写的是依恋两个字。大伯说，那也对。第一次说了谎话，脸红心跳，兔子一样溜出大伯的屋子，好几天都不敢去问他别的字。

后来，我们离开万妈妈家住的那栋四合院，搬到河东边的一栋院子里，原来奶奶住的那个房间。学贯中西的大伯，一个孤独老人，落寞地和我们住在一起。他内心对荒诞的反抗姿态和沉思，对人世的悲悯和宽容，认识生活世界的思想力，对现实世界的诙谐拷问，在我的内心与世俗之间隔起了一道藩篱。

我自己选择的托尔斯泰、雨果、巴尔扎克和莎士比亚，一本本在藩篱内种下小树，这些自由的树林有一条与外界连接的通道，通道的源头正迎接河流的到来。大伯的屋子里有新到的《国家地理》杂志。《国家地理》杂志没有什么好看的故事，有时候，会有好看的风景，像画画一样，我就翻看上面的彩色照片，稻子是金黄的，树叶也是金黄的，我感到风都被它们染黄了。他订的《红旗》杂志和《人民日报》我看不进去。大伯却每天看得仔细。一天下午，他悄悄对我说，你注意到街上的变化了吗？我茫然，街上的样子，像墙面上的挂钟，每天都是一样的，我的世界就是家，家的隔壁就是小学校，什么变化也没有啊。大伯神秘地说，你没有看到街上有女人穿黑丝袜了。

第八节

这些日子以后，渐渐会有一些神秘的老人，像大伯一样戴琇琅架的老先生，来到我们院子里，他们单个地来，挂着文明棍，目不斜视，生怕踩死地面上的蚂蚁一样，小心谨慎地迈进大伯的门槛，大伯很快关上屋门，半个下午，那些拄文明棍的老先生才会离去。

一天午后，对面那所大学的一个爷爷，他戴的眼镜像酒瓶底子，他的孙女是我的同学，我们没有来往。大伯跟他也没有关系，他却谨小慎微的样子，迈进了大伯屋子的门槛。我心里奇怪，他们不认识，只是在街上见过，为什么要找到家里来会面。后来想，他们是一种人，走在街上，能闻到对方的气息，他们孤独的灵魂会设法找到对方，联通，交融。有时，大伯会骑上他的自行车，一天不见踪影。我知道，他一定是去回访他那些旧日的朋友去了。但是，他始终没有去找酒瓶底眼镜的爷爷，因为，那个爷爷的语言发音告诉我，他们不是来自某个共同地域，他们的接触只是一种开始，去找酒瓶底眼镜的爷爷，要等到街上有裙子出现的时候。

初一年级的时候，我的英语老师很尽职，每次上新课，他都要求我们预习课文。Sunday 这个单词我不认识，去问大伯，发音胆怯，羞羞答答。大伯说 Sun 你认识了吧，Day 你也认识，它们加在一起，就是太阳的天，有太阳的天就是星期天，你要大声朗读，不要害羞，昨天，我在茅房，听到一个男孩蹲在茅坑上，大声朗读英语，这样很好，不读出来，发音就不会准确。原来学英语要戒羞，要勇敢，不能怕别人笑话，我趴在父亲用粗树枝打的粗糙的小桌子上，大声朗读我的新课文。

有人敲我的窗户玻璃，我打开窗户，一个陌生的北方大汉，笑起来脸上有两枚酒窝，脸色黑红，声音磁性中透着亲切：请问颉柏家在哪里？我就是。我告诉他。我对这个陌生男人毫无戒心地笑起来，心里有些好感。你爸爸在家吗？他有些激动，急促地问道。我说往前走，从后门进来，爸爸在家。我被这个叔叔的激动所感染，他英俊的样子真是迷人，我想接近他，站在父亲的门外，想进去看看，有点不好意思，装着无所事事的样子，在门口踢毽子，晃悠。我听到父亲和他热烈地寒暄，他们乡音已改，鬓毛未白，还能相见，甚是激动。

街上出现裙子的时候，父亲告诉我一个人的名字，这个人就是那个英俊的叔叔。他是爷爷器重的一个侄子，父亲的堂兄弟。他的五官标致，高大英武，微黑的面孔总是抹着两朵红晕，他走路像风，走到哪里，姑娘们的眼神就会跟到哪里。他总是满脸笑靥地看着我，和风细雨般地和我说话，举手投足间，一派儒雅姿态。他本来和父亲在一个大家庭生活，国民党军队逃亡以后流亡，再也没有音讯。

第九节

1977 年恢复高考。准备高考的万妈妈家的二儿子，那个穿大头皮鞋踢翻我洗碗盆的优越男孩，瞅准大伯在家的时候，他拿着书本和稿纸来请教题目。我放学回家的路上，看到他朝我们住的那栋房子走去的时候，我飞跑起来。看到我飞跑，他的长腿发出了竞走的姿势。我以比水流更快的速度，冲到他前面，把院子大门"砰"地对他关上，有几次，险些"砰"到他的鹰钩鼻子，插上铁制的大插销时，那些流淌到地面的洗碗水，从砖头的缝隙中回流出来，一点一滴回流出来，带着大地的温热和抚慰。

夏天来临，星星布满天空的时候，我们一群小孩抱了自家的小席子，铺在草地上乘凉，我和弟弟躺在席子上看星星。大伯告诉我，北斗星像一把勺子。我在找北斗星的时候，看见天上的星星那么多，比大地上的人还要拥挤，流动的，闪烁的，消失的，间或有一颗星星会突然划过夜空，骤然消失，一个晚上，有多少颗星星在消失，这样的消失，使我躺在地上的身体一次一次地战栗和悲凉，感到万物的脆弱。我忧伤地去大伯的西屋问他，那些陨落的星星叫什么名字，为什么突然逝去。原来，世界上的一切都会消失，世界没有永恒之物，循环或许是世界的真相，心里伤感和绝望。

万妈妈家的大头皮鞋在我们看星空的时候，盯上了菜田里的黄鼠狼，他已经注意到它几次，打算干掉它。他的两只手各拿了半块红砖头，在我们面前炫耀过几次，他在黄鼠狼奔跑的时候，利用从这块菜田窜到那块菜田的间隙，准确地击中了黄鼠狼的要害，黄鼠狼一命呜呼，惨死在菜田里。死了的黄鼠狼使乘凉的大人感到了惶恐，议论纷纷，有胆大的居民，拿锹把黄鼠狼埋在了菜田深处。不幸似乎会降临的阴影，被夏夜的热风裹挟，依然四处流窜。

奶奶去世以后，我们家沿袭了养猫的习惯，四合院的老鼠猖獗，没有猫咪的日子就不是日子，猫咪失踪以后，母亲拿了一根长竹竿，我跟在她的身后，大街小巷地呼唤失踪的猫咪，这呼唤的声音，越过断线的时光，越过碎片纷飞的记忆，此刻，还在金川河一带播散。

母亲用竹竿轻轻地捅，在猫咪有可能藏身的瓦砾、草垛、废旧的铁皮筒处。她叫唤，我跟在后面，猫咪，猫咪，声声呼唤。猫咪是能分辨出主人的声音的，不论它受了伤，藏在哪里，还是逮了老鼠正在炫耀，它都会呼应我们，轻微地"喵"一两声，从哪个角落里钻出来。从猫咪不同节奏的声调里，我能判断出它是受了伤，还是在逃离。它委屈的叫声，耍嗲的叫声，饥饿时的叫声和被碗里才煮的鱼烫了嘴的叫声，我都能听得出来。

但是，猫咪没有回应我们的呼喊，它在大地上消失，我们不停地寻找，好像寻找一个丢失的孩子，绝望，苍凉。回家的时候，我看见学校外面的冬青树上，停了一只金龟子，我无心去逮。母亲有些沮丧，她丢了手里的竹竿，绊倒我，我心里难受，几乎快哭了。但我没有哭，忍住了那股难受的激流，我从小就不会哭。哭的背后多有娇宠、怜悯和爱，或许还有绝望，而我没有，世人还没有向我表达。我的生活还没有开始，我在等待，等待那个会哭的自己来临，她会来吗？她会来吧。

第十节

清晨，金川河沿岸的居民还在熟睡，我已经悄悄地从被筒里拱出来了。我和弟弟睡小床，上床的时候，脚底板顶着脚底板，顶几下，看谁劲大，比完了，再把头掉过去，拱在被子里拔河，闹上一会儿就睡着了。早上，天是漆黑的，我醒来，穿好衣服，拿了桌子上的钱，蹑手蹑脚地开门，轻轻带上门，不能吵醒母亲，一个人挎着个大篮子去买菜。

买菜要经过的小路叫铁路北街，铁路北街是铁路改建的，路基很高，弯曲细长，路灯昏暗，摇摇欲坠的杉木电线杆影子，我自己的影子，不断地在地面上不安分地纠缠，变换，逃亡，除了这两种影子之外的影子，是我极具恐怖的影子。我的脑袋不停地四下里张望，分辨地面的影子，小路两边低洼的民房，在夜色中的门前堆起的杂物，总让我心惊胆战。那一个凸起的草垛后面会有鬼的影子吗？那个藏在黑影后面的爪子是大仙还是狐狸？它们会跑到路上袭击我吗？闻鹃姐姐晚上带我出去看电影，路边一个脱了裤子的老头，吓得闻鹃姐姐尖声怪叫。丑陋的老头不要出来啊，越想越怕，竟然就跑起来，跑起来，耳边的风，身后的影子，路边的电线杆，都在追我，无法回头，拼命往前跑，跑到拐弯口的大路上，大路上的露天菜场已经有三三两两的大人在排队了。

我去得再早，都有人在排队了。有人是头天晚上把砖头放在那里，有人把破箩筐放在那里，回头再来。我站在这些砖头和破箩筐后面，伸长脖子看远处菜场的人运菜过来，她们从三轮车上把青菜、萝卜、包菜、白菜之类搬下来。我夹在大人中间排队，稍微排在后面一点，便宜的菜、好的菜就卖完了。

第十一节

十六岁的我和父亲讲一句话，母亲都要骂我嚼蛆。父亲是母亲的唯一，我不能"染指"，不能发出言语，我是会说话的哑巴。母亲从早上睁开眼睛一直嚼蛆到晚上闭上眼睛，她对我，拥有绝对的主宰权利。我童年的生活场景留给我的画面：好几家的母亲，在午后和晚上聚集在一起嚼蛆，她们嚼蛆的内容无非是自己家的小炮子子，诅咒自己家的小炮子子，以万妈妈为首的诅咒，嗓门最高，风头最大。母亲们都跟在她的后面，管自己的儿子叫小炮子子，每到吃午饭的时候，万妈妈喊小炮子子的声音，响彻菜田上空。

没有小炮子子的母亲是不会出门的，出身不好的母亲，也是不会出门的。我的母亲，出身红军，她天天出门在外。大姑妈只有盼表姐一个女儿，她就不敢出门。何老师，何大胖子有两个女儿，没有儿子，她也不敢出门，据说她丈夫的出身是资本家，当过国民党军的连长。二姑妈有好几个儿子，她可以出门，像母亲一样，跟在万妈妈后面，喊她的小炮子子。

但是，二姑妈从来不跟在万妈妈后面。她的出身经不起推敲。她一个人种菜，她对青菜说话，青菜是静默的，内心沉稳的，青菜从来不会出卖人的秘密。二姑妈上班忙昏了头，手上只要有一点时间，就要去找鬼魅纠缠。她喜欢在孤单的没有阳光的日子里，带上我和弟弟，去祖父的墓地哭诉。她左手牵了弟弟，右手挎个小箩，小箩里有一碗饭、两三碗菜、一副筷子、白酒和黄颜色的草纸。

到了墓地，她把饭菜端出来，进贡在坟前，倒上一盅酒，把草纸摊开，让弟弟去点火。我们家的规矩是儿子、孙子点火烧纸，祖宗才能收到钱财，女儿和孙女是外人，外人点的香火是无效的。草纸燃烧的时候，二姑妈开始倾诉，她跪在土堆前面，挥动双臂，上身像燃烧的火焰一样扭曲舞蹈，哭诉的调子是一种上升的叙述，叙述她一个人在这个世间的凄苦、无助。她心里的闸门，关了无处可去的苦水，伴随她带来的一小盅白酒，洒在土堆上面。我看到酒和眼泪穿过泥土，流进墓地，流进祖父的棺材里面，祖父能喝到二姑妈的酒吗？他至少能闻到酒的香气。

这时，山下的火车开过。火车在山间的鸣笛短促，回音在崖壁间碰撞，立体的共鸣在沟壑间响亮地回荡，车轮在铁轨上滚动的声音沉重而绵长，仿佛是对大地进行的一次至深的叩问。这样的声音吸引了我，我跑到山边，察看火车，怕掉下悬崖，头伸出去，身体缩在后面，绵延不尽的铁轨和移动的火车出现在我面前，山里的高音喇叭传来一阵阵反复的歌声：延边人民热爱毛主席……

其实，二姑妈即使不上班，她也不会在院子里大声说话。她和我一样，悄无声息，有些像哑巴，她和大姑妈只对自己家里人说话，对死去的亲人说话。而我的母亲，除了父亲，她很少对自己家里人说话，她只对外面的人说话，她对外面的人说动听的话、奉承的话；对姑妈和我说抱怨的话、离间的话、诅咒的话，是我们这些败类，使她的红色染上了斑点。

她时常骂我的一句话是，作孽啊，跟你大姑妈一个样。大姑妈一辈子，只有一个遗腹子，没有儿子，没有丈夫。她的丈夫是国民党军，溃逃到海的另一边，不是她的错。大姑妈对我说过她小时候做过的两件错事，一件是她在小学校上学后，回家睡觉，夜里在床上偷偷地把裹脚布拆开了，白天，丫鬟发现以后，禀报奶奶，奶奶命丫鬟给她裹上，结果夜里，又被她拆开了。是小学校的校长鼓励她们女生回家拆裹脚布的，不是她成心跟奶奶过不去。

南京的冬天阴冷，屋檐下，排列着剑一样的冰梢。我没有棉袄，冻得咳嗽、发烧，持续几天以后，眼见快要死了，大姑妈怕我真的死掉，赶紧给我缝制新棉袄。回忆往昔的轶闻趣事，这个时候，她那张从来没有表情的脸上，呈现出一种幸福的神态。

我趴在大姑妈干净简陋的床头上，她的大床平整，从未有男人坐过的床单已经洗得掉了颜色，有一种肃静的温存。她给我缝制的棉袄里子是黄颜色的格子绒布，面子是蓝色的底子、缀满七彩星星的花布。我伸出小手，触摸这些漂亮崭新的花布，这是我对花布的最初认识。黄布柔软，摸上去是暖和的，蓝布捏在手里有些凉，然后会变热，像夏夜里的星空，深邃。我目不转睛，盯着蓝布看，注视久了，视线会穿过星空，仿佛看见苍穹落到面前，那样辽阔无际，使我战栗，赶紧收回目光。

两层花布之间，大姑妈小心翼翼地铺展棉花，一层一层地摊平，使之均匀。耐心和细致就是这样，在温和与悲悯间，一层一层，一针一线，钩织出一张细密的网。我看到大姑妈缝制棉袄的样子，有些神圣，像一场温柔的仪式，把我裹在棉花里面，这一团温柔，驻足心底，像蚕茧一样紧密地裹住了我。

大姑妈在飞针走线、给棉袄定型的时候，说了她做过的第二件错事。她上小学的时候，不按先生教的书，背诵经文，而是偷偷看了《聊斋志异》。我缠着大姑妈讲书里说了什么，大姑妈先是笑，然后脸色就变了。她小声说，这是禁书，姑娘家是不能看的。针扎了她的布满老茧的手一下，她用手捏了扎针的地方说，不要说你在我这里，你妈知道又要骂你了。我仰着小脸盘儿，看着大姑妈神圣的样子点点头，知道了。

现在，这件温暖了我无数个冬天的棉袄，被我小心地不能割舍地藏在我的蚕丝枕头里面。黄梅天过后，潮湿的南方，家家户户进入晒霉的日子，我打开枕头，把它铺展在初夏的日光里。时间穿梭，阳光温柔，洒满大地，普照着一切。一片一片的棉花再次铺开，均匀。那个时候，大姑妈心情的一次次拐弯，被记忆的温度和针脚细密的走线再次勾勒出清晰的轮廓。那个时刻，大姑妈的脸，苍穹，那些幸福的，神圣的，温柔的，一一掉落在我面前，一个人的暗自世界，满是阳光。

这么多年，我觉得母亲有一句话说得是对的，我像大姑妈。很庆幸，我不像母亲。如果，我是她的亲生女儿，我不过是借了她的身体，来到这个世界。她是那样排斥我，她在家洗澡的时候，我和弟弟在家玩耍，她把我撵出去，骂道，你这个黑崽子，败类，臭丫头。弟弟继续玩他的，等到她洗完，穿好衣服，她喊我拿拖把进去，把地板上的水擦干。有时，她忘记收晾在院子里的衣服，她用大嗓门吼我，叫我收衣服给她，我推开屋门，她双手抱在胸前，唯恐我看到她的身体，好像我的目光有毒，不能触及她的身体。她嫌弃的目光，憎恶，像布满锈迹的铁丝网。但我还是看到她像大提琴一样裸露的脊背，浑圆的屁股。原来，大人身上有这么多肉，丰腴，布满膏脂，不像我，除了一把小骨头，只有一层黑瘦的皮。

三十年以后，我做了母亲，我的小囡爱哭，她嘹亮的哭声传遍大地，惊动了周围所有不知道她的邻居。陌生的怀抱令她惊惧和惶恐。她必须时刻感受到我的心跳、怀中乳汁和温度编织的柔软丝网。她洗澡的时候哭叫，挣扎，怕水、怕雾、怕水流的声音和雾霭的界限模糊了她熟悉的气息，我把乳头塞进她嘴里的时候，她立刻安静下来，任流水从她脸上冲下，安静得仿佛睡着一般。她幼小的身体躺在我的怀里，才会说话的时候，在我心情的每一次拐弯口，她会担忧地问：妈咪，你在想什么？她年幼的心灵，好像承续了我在她这个时光的惶恐、惊惧，这让我感到通灵，相承。想到苹果的肉质紧密，削了皮，咬哪里一口，都是伤痕。

第十二节

秋天的下午，树叶四处飘零，银杏树像一把挂满金片的大扇子在风中摇曳。

后院的男孩，小九子溜到我们院子里，他躲在闻鹃姐姐的窗户下面。我在屋里看《安娜·卡列尼娜》。那时，我已经上中学了，我想，等我长大，要找一个恋爱的人，世界很大，会有很多男人供我选择。这个男人是什么样子的呢？他一定不是万妈妈家的那些儿子，也不是那些动辄就打架的男同学。他藏在哪里？什么时候才能出现？我时常会想象这个人的样子，却无法勾勒出他的具体形象，我在窥视安娜的生活中，不可抑制地爱上了沃伦斯基，这个人渐渐浮出水面，找一个沃伦斯基一样的人去恋爱，这是一个14岁少女的梦想。

忽然，我听到小九子的声音，他在喊我名字，我不理他。我在金川河岸的自来水池边淘米洗菜的时候，小九子也会从家里出来淘米洗菜，他总是让我先放水，从来不欺负我。有时候，他会主动问一句简单的话，我不搭理。其实，我心里并不讨厌他，只是有点矜持。如果是万妈妈家的儿子问我话，我会立即翻白眼，走开，把我记忆里的所有愤怒全在白眼中表示一下。我不仅不讨厌小九子，还有一丝欣赏，他的脸上鼻梁挺拔，有时，我会盯着这根鼻梁注视良久，这根鼻梁和两眼之间的距离，高耸的眉骨，深陷的眼睛，英俊的脸庞，像电影里面的那个沃伦斯基。

可是，他离我心中的爱人有多远啊。他的眼睛下面，还是脸上的那个部位，我在并不确切的一个地方，能隐约感受到他打架不要命的两个印迹。他说话摇头晃脑的样子，一点也不像我的堂兄、大伯，他们从容，淡定，儒雅。我在看安娜的爱情，她的爱情是如此美妙，吸引着我的眼球，没有什么吸引力比小说里的天空更辽阔，持久，迷人。现在，我还没有爱人，我把书抱在怀里，仰望天空，心里说，爱人，你给了我多少欢乐啊，书啊，你就是我的爱人。

小九子的喊声断断续续，母亲听见了，冲到院子里大骂，小九子灰溜溜地跑了。母亲转身回来骂我，骂我是流氓，小纰漏，不学好，等等，诸如此类不堪的话。我表面上不敢有一丝反抗，内心的愤怒从来就没有截止过。忽然，她从门外冲进来，挥起手臂，甩过来一个大嘴巴，抽得我的嘴一片麻木，一股咸咸的液体涌出，吐到地面，是一摊红色的血。我把血吐在手帕上，夹在日记本里，那口鲜血，我是要记忆一生的。她骂完了，睡了，我在屋子里写日记，想象她死的时候，我一定要把这句话刻在那里，我要给她立个墓志铭：你终于关上了聒噪不休的嘴巴。

一个人伤心的时候，打开日记。我把夹在里面的手帕抖开，重新审视那块红颜色的小布，它的质地，薄得像纱，颜色像血，四只角上印了对称的黑色树枝，现在，血把它洇成了暗红色。以前，它不是我的，是母亲在下班的路上捡到的，回来递给我，要我去洗一洗。我在河边的水龙头下洗了一遍又一遍，手帕是粘连的，一层一层的黏液被肥皂和水溶解，粘在我手心，泡沫溢到手背，我以为是哪个感冒的姑娘，嫌脏丢弃的。结婚以后的我，终于明白，它不是因为感冒的鼻涕而丢弃，它一定是哪个野合的姑娘，丢在了路边。

那本日记保留的时间要比手帕长久，手帕上的血变成黑色的时候，我把手帕丢弃了。成年以后的我，经常在想我的懦弱，我为什么要洗那块手帕，为什么不把它丢掉？父亲抱来十多本《东周列国志》，要我在一个暑假期间读完，我不喜欢，还是一字不漏地读完。其实，父亲从来就没有考核过我，我为什么不能像现在的孩子一样，乖巧地应允，想看什么，照样去看什么。是对抗，还是柔软地反抗，一定有一个支撑的底线，那个瘦弱的小孩没有支撑，她不能反抗，但是，她有记忆，金子一样的记忆，这些记忆会不断地跑出来找我，和我约会。我看到，现实和虚构难于分解，遗忘从虚构的河流中浮出水面，遗落的浪花，纷纷扬扬地浮上来。

冬至以后的天空，黑得真快，才晚上八点多钟，已经是伸手不见五指了。我们围坐在大姑妈家的小西屋里，听二姑妈说鬼怪的事情，正说到屋梁上居住的一对狐狸时，忽然，门被推开了。小表哥从门外冲进来，结结巴巴，没头没脑，他口吃：不、不好了，小、小九子死了。

这个多雨的初冬，金川河沿岸一场又一场的雨水，洗刷了一场斗殴的血腥地面，小九子死亡现场的再现，是从他的几个哥哥嘴里复原的。在红狐狸还没有出场的时候，他们和金川河东岸一带的几个男孩，由于派别出身的不同，发生了群殴，在这场你死我活的群殴中，他被打倒了，趴在地上起不来，他奋力地抱着水泥电线杆子，刚刚抬起头，对方举起铁锹，狠狠一锹下去，铲到他的后脑勺，他的脑浆喷射出来。

小九子死去的过程和细节很是惨烈，我无法复述。暗自庆幸他不会再来喊我的同时，有些许的哀伤，这样的结果已经残忍，不是我要的结局，我心里想要的是，每一个人都不要欺辱与被欺辱，打人和挨打。什么时候，人与人才能不再打斗呢。

我时常坐在院子后门口的小凳子上想：我不想当我。走过来一个人，我看看他的年龄、长相、衣着、神情，大概揣摩一下他的处境，我想我愿意当这个人，他的处境一定比我好。走过去一个人，揣摩一下，他的命运也会比我好，他不可能有一个一天到晚咒骂他的母亲，我宁愿当他。后来，我很奢侈地想过一次，如果可以不当我，我当什么最好呢。这样想的选择真是辽阔，当一个动物，会给人吃掉。当一片树叶吧，可是树叶会掉下来，被我们撕破了做游戏，树叶也可怜。大地上的所有物体在被我想过一遍之后，都有自己的苦痛和难过处境，连空气和水都被人糟蹋了。

地球上有河流，树林，美丽的天空，飞翔的小鸟，本来是天堂的样子。人把地球上的很多地方搞得像地狱一样，我什么也不想当了，如果，来生，一定要以物的形式出现，就当地心上一块坚硬的岩石吧，没有情感，没有苦痛，不被世人糟蹋。

第十三节

母亲在马蹄街上行走，我走在她后面，那一年，我已经十八岁了，正在读叶芝的诗歌，内心有些躁动。我跑过去，从背后一把抱住她。她回头看到是我，一把将我推开，我跌倒在地上，来来往往的行人看到了，马蹄街上打马掌子的人看到了。多么狼狈，从地上爬起来，装作什么都没有发生的样子。

盼表姐在马蹄街行走的时候，也被我发现，故技重演，我从后面，一把抱住她，她回头，我看到她的脸，有些陌生，我慢慢放松抱她的手，两张脸对视，原来不是我的盼表姐，但很像，辫子、衣服和背影，一模一样，我们相视一笑，彼此觉得似有缘分。那个女人似乎对我有了一丝眷顾，看我的目光，温情脉脉。

马蹄街的三角形地带，有一些树桩，是拴马的地方，铁匠们给马蹄打掌子的时候，我上学放学路过那里。现在这里是街心花园，花园的北角有一所学校，我去学校给女儿送食物的时候，路堵，难走。夜黑，风大，卷起一地的灰，我蒙住嘴角，斜刺里顶风前行。这时，那个怕鬼怕妖怪的颉柏不见了，那些个不能言说的黑夜不见了。我是颉柏的母亲，去学校找我的小颉柏，我把她抱在怀里，吻她，抚摸她的头发，告诉她黑暗中有我，颉柏，你不要怕。我看见自己的童年、少年，茫然地站在那里，那么孤单无助。颉柏，我在心里说，妈咪是多么爱你，你是我生命中最重要的一部分，我把她抱紧，抱紧那个怕黑的颉柏。

第十四节

冬季，寒冷漫长，记不清有多久没有洗过澡了。闻鹃姐姐的手伸到我背后，给我挠痒痒，我再给她挠。菜田对面的电机厂，有个工人洗澡的大澡堂。澡堂在晚上八点钟停止供热水，但冷水不会停。我们俩约好了，在八点之前，学着工人家属去洗澡的样子，一人抱一只脸盆，趁门卫不注意，溜进工厂，小心谨慎地穿过半个厂区。厂区的地面上，机油、柴油、铁销混合在一起，散发出金属特有的味道。八点，看澡堂的阿姨下班后，我和闻鹃姐姐溜进去，运气好的话，放一盆热水出来，再用管子里的余水，洗一个热水澡。有时候，会遇上下晚班的女工，她们用管子里的余水洗衣服，看见我们，也不撵。管子里没有一点热水的时候，我们就去澡堂外面的锅炉房打开水，一个人在里面洗，一个人负责打热水，热水兑了冷水，也能把自己洗干净，小脸洗得通红通红的。工厂道路两旁的冷风吹过来，从脖子钻进干净的身体，我闻到自己身体上一股清洁的气息，有种如释重负的轻松。

闻鹃姐姐比我大几岁，个子也高出一大截，像个大人的样子。她洗她自己的衣服，还要洗她的母亲、她的姐姐、姐夫一大家子的衣服，衣服泡在大澡盆里，她在搓板上搓。她的母亲，粗糙的胖脸，肥壮的身体，像个黑磨盘在地面移动。

何大胖子，原来也是穷苦人家的女儿，家里养不起她，把她送到戏班，学习唱戏。她先是在戏班里给师傅做饭洗衣，时常挨打。后来学跑龙套，她在跑龙套的过程中迷上了武生，渐渐学会。一些日子，她在唱武生的时候，一个白军的连长迷上了她，一来二去，最后，花了二两白银，把她赎了出来，收作小妾。

那个白军的连长后来和其他战犯被关押在一起，在一个偏远的农场劳动改造。何大胖子进了扫盲班，识得一些汉字后，把她安排进家门口的小学校，专教一年级新生。

何大胖子的两个女儿，闻婵和闻鹃，是她前后领养的一对姐妹。她不喜欢闻鹃，闻鹃长得漂亮，却不能挣钱。而闻鹃的姐姐闻婵有工作，挣的钱都交给了何大胖子，家务基本都落在闻鹃身上。闻婵的新郎官挣的一份工资，也统统交给何大胖子支配。

闻鹃姐姐在洗衣服的时候，被何大胖子从澡盆边拖了出来，何大胖子像骑马一样坐在闻鹃姐姐的身上打她。我躲在墙角，偷偷看到闻鹃姐姐的脸朝地，黑亮的眼睛有水珠在闪。何大胖子什么话也不说，只是一个劲儿地狠打，扯她的头发，用棒槌打她的后背。闻鹃姐姐不哭，也不说话，她的四肢修长，像一只受伤的白天鹅匍匐在地面，只是她的眼睛在对地面说话，眼睛里的泪水"吧嗒，吧嗒"流到地面，渗入泥土。泥土遮蔽了闻鹃姐姐的悲伤，这悲伤流到我心里，惊讶而难过，我不能够看下去，躲开，内心祈祷，希望不要有人看到这一幕。

第十五节

闻鹃姐姐挨打的内幕，我是到了开春才听说一些。大表哥帮母亲买半导体收音机之前，已经对闻鹃姐姐产生好感。母亲的屋子和大姑妈的屋子之间，是闻鹃姐姐的家。他在院子里面走来走去，就是想引起闻鹃姐姐对他的注意。大表哥知道自己出身不好，羞于表达，但他以修收音机的名义，开始出入闻鹃姐姐家。那天，他修完收音机，坐在那里，没有离开的意思，闻鹃姐姐就给他泡了杯茶，他和闻鹃姐姐搭讪起来。何大胖子心知肚明。她在竹箩筐中的破烂杂物中翻找，没有找到她废弃的一条旧棉毛裤。

闻鹃姐姐从来没有穿过一条像样的裤子，更没有穿过棉毛裤。她所在学校的班级要去农村学农，两个女同学打通腿，睡一张单人床，一个同学的被子垫在下面，另一个同学的被子盖在上面。下雪的冬天，闻鹃姐姐只穿了两条破裤子，一条是她姐夫在工厂穿过的劳动布的旧裤子，膝盖和屁股处缀满了补丁，另一条是何大胖子的旧裤子，膝盖和屁股处也缝了四块补丁。

闻鹃姐姐想到晚上睡觉脱裤子的时候。她的内裤已经很破了，光着腿钻进被窝会很尴尬，穿那条打补丁的劳动布裤子，更难为情，怎样才能不在同学面前丢面子呢？她在箩筐里找到了母亲丢弃的那条棉毛裤，那条紫红色的旧棉毛裤，已经破得没有形状，裤裆裂开了一个很长的口子，但是，棉毛裤的两只裤角是完整的，只要有两只裤脚在脚踝上，她就跟别的同学一样，她就不会在睡觉的时候出丑了。

她晚上脱裤子睡觉的时候，事先把裤子松开，做出要脱下的样子，可是，一直不脱，而是盯着前后左右同学的床铺，趁大家都忙着往被子里钻的时候，她飞快地脱下外面的裤子，里面的棉毛裤还是碎成了两半，大腿全露在了外面，好在中间还有一些牵连，没有完全断开，她连忙钻进被子。

闻鹃姐姐回家的时候，母亲不动声色地翻过箩筐后问她，棉毛裤到哪里去了？闻鹃姐姐只好如实说了。母亲劈头盖脸就是一顿臭骂：你这个小婊子，你这个不要脸的小婊子啊，你偷老娘的裤子，你找死啊，你今天偷老娘的裤子，明天还不出去偷人！

何大胖子骂够了，就把闻鹃姐姐拖了出去，狠打了一顿。我在外面看到闻鹃姐姐挨打的时候，大表哥正轻松地坐在她们家里喝茶。闻鹃姐姐从挨骂的那一刻起，就盼着大表哥尽快离开。大表哥不知道，何大胖子的打骂，就是冲着出身不好的他来的。闻鹃姐姐不想别人看到她挨打受骂的样子，她从小就被打习惯了，她知道自己是带来的，不是何大胖子亲生的，晚娘不亲，戏里就是这样唱的。

我和闻鹃姐姐坐在院子的后门口玩玻璃丝。春天的油菜花田枝叶茂盛，挡住了对面马路的视线，油菜花看起来就伸向了远方，连着天边。天空是湛蓝色的，蜜蜂在花朵上飞舞，这是一个好看的世界。我问她，你知道人是怎么来的吗？她不假思索地回答，是猴子变的。那我不想当猴子，我想起父亲探家的时候，带我去玄武湖动物园看到的那些猴子，在猴山上跑来跳去，猴山上有一只猴王和另一只争夺猴王的猴子打架，头上和身上都被抓破了。

闻鹃姐姐把玻璃丝还给我，摘一枝油菜花在手指上，捻碎了，挤出黄颜色的汁液。她说，颉柏，我想去死，不想活了，人活着没有意思。我有些局促，不知道说什么好，待在那里。闻鹃姐姐又说，没有意思我也能活，就是太苦了。她目光幽怨，在油菜花中穿行，转弯。我发愣，不知道如何安慰她，死是多么可怕的事情。闻鹃姐姐又说，太苦，我也能活，就是屈辱，屈辱让我想死。

　　我把手伸过去，牵住她的手。女孩二十三岁就能结婚了，结婚就能找到幸福，你还没有幸福过呢，我告诉闻鹃姐姐。我回家把大伯给我新买的书《茵梦湖》拿出来，借给她。德国的奥多·斯托姆写的爱情小说，你看书里的爱情多好，你还没有恋爱过呢，就是死，也要等恋爱过一次再死，那个时候去死也来得及，不然，人才没有意思呢。

　　闻鹃姐姐在后门口坐了一会儿说，闻婵病了，是肺结核，好久没有上班了，我姐夫叫我回家烤猫肉给她吃。我突然想到我们家的猫咪，已经两天没有看见了，我等了一会儿，估计她已经开始烤了，就去了她家的厨房，想看看她在炉子上烤的猫咪，是不是我们家的猫咪。

　　煤炉上有一只铁架子，猫的头和尾巴都不见了，皮也被扒掉了，粉红色的脊背，看得见肋骨，像搓衣板一样。我就想起夏天我去大姑妈家的时候，一根头发黏到胸前，有些痒，我低头把那根头发拽掉，看见自己的胸前也是一根一根的肋骨，像搓衣板一样排列。忽然，我感到胸前一片疼痛，灼伤在蔓延，火烤得猫肉油滋滋的，往下不断滴油水，煤火一下子就把油水吞噬，厨房里飘散着一股烧焦的味道，怪异而诱惑。闻鹃姐姐把炉子上的猫翻了个身说，昨天吃的是烤兔子，明天要吃癞蛤蟆炖猪蹄，你晚上陪我去逮癞蛤蟆，好吗？不好，我说，癞蛤蟆异怪死了，它身体上的白浆黏在哪里，哪里就会长出瘊子来，它有毒。闻鹃姐姐却说，就是要以毒攻毒，闻婵才能好。

第十六节

一天下午，我放学回家，听到何大胖子的哭声，像唱戏一样，一些大人在她们家进进出出。新郎官往门外搬东西，他的衣服和帽子堆在门口，院子里有一堆火，他不时地把一些零碎的东西扔进火里。我有些好奇，探头探脑，没有看见闻鹃姐姐。晚上的时候，听见闻鹃姐姐回来的脚步声，还在桥上，隔了几十米远，我就听见了。我拿了一本厚厚的泛黄的《夏衍剧本集》去找她，她看见我，从家里跑出来说，走，我们到河边去。我们两个一前一后，走到金川河边，秋天的河边有些裂隙，野花在悄悄生长。我们坐在河堤上，看见弯曲的河床，大石头一块连着一块，石头被水流披上的腐质物一缕一缕的，有些发亮，河水在从一块石头流下、冲上另一块石头的时候，把自己变成了白色。

夜晚的河岸，静悄悄的，能听到流水的声音，月光细碎地洒在河堤、弯曲的树枝上的声音。我们坐在一起，中间有点距离，她往我这边靠了一下，肩膀挨着肩膀，不再感到孤单。静谧的大地低沉地喘息，我感到自己正在变小，小到一粒尘埃，幽浮在河面上，我看到一双大脚和一双小脚，并排靠在一起，还有她的脸。我把《夏衍剧本集》递给她。

她把书抱在怀里，低头啜泣，声音像游丝。她说，前几天，姐姐闻婵跟我说，她要死了，她死了以后，我就不要睡在地上了，我睡在她的床上。我瞪大了眼睛，你姐夫睡哪里？她说，我姐夫自从姐姐生病以后，母亲就不让他和姐姐睡在一起了，其实，唉，闻鹃姐姐深深地叹了口气，不说话了。

我心里奇怪，问她，你说呀。河水在流，向东流去，我不知道河水为什么要向东流去，河水也有向西流去的时候，向西的时候，河水湍急，汹涌直下，好像要把沿河两岸的秘密卷走。

一片翡色的云从天上飘过的时候，月光摸了我的脸一下。闻鹃姐姐看了我一眼，目光含着哀怨：其实，我姐姐没有病的时候，母亲也会让姐夫睡到她的床上，我夜里醒来的时候看见的，我赶紧装成睡着的样子，不然，会挨打的。我姐姐说，要是她死在床上，我会害怕，她死在地上，我睡觉的时候就不怕了。

我忽然想起来，那天下午，我放学回家，刚放下书包，闻鹃姐姐就过来喊我，她说她姐姐死沉，她一个人抱不动她。是我们两个人，她抱头，我抱脚，她的腰身拖在床上，背后的衣服都跑到肩膀上了，好不容易，才把她抱到地上。

上个礼拜一，闻婵把她贴身口袋里藏的私房钱都给我了，她叫我不要给母亲，不要给姐夫，自己藏好，饿的时候，买一个烧饼吃，馒头也很抵饱。闻鹃姐姐把钱掏出来，我们两个在月光下数钱，一共是十九块七毛六。我们家很乱，这些钱，放在你那里，等我要用的时候还我。我把钱紧紧地裹起来，攥在手心里，我要把钱藏好，不能给母亲发现，不然，钱就保不住了。

闻婵是昨天夜里死的，我在床上睡着了，只听到她一声长长的叹息，我不知道，她那会儿是死了。闻鹃姐姐的眼泪一直在流，她的双肩颤抖。我低头，看见一朵野花在月光下开了，我把它摘下来，脸埋在花朵中，眼泪打湿了花瓣。抬起头来，看到大伯从远处骑自行车过来，我无声地哭起来。大伯在移动，自行车的影子在靠近我们，我看见自己在月光下无声地大哭的脸，扭曲，变形。那一刻，我特别想要大伯看见我扭曲的痛苦，想要他知道我内心的悲伤，我的潜意识里，是那么渴望他的安慰。但是，他根本就看不见黑暗中的我们，他快到院子大门口的时候，跳下自行车拐弯，回家，离开了我的视线。

闻婵姐姐还留了两张电影票给我们，是她们单位发的，工会送来的，罗马尼亚的电影《奇普里安·波隆贝斯库》。这几天，新郎官已经搬走了。闻鹃姐姐带我去看这部电影，渡江电影院。渡江电影院在下关的江边，下关，我不喜欢那里，在我模糊的记忆中，下关，是一片黑色的煤场，马路两边的水泥电线杆横躺在道路的两旁，电线杆坚硬的水泥和钢筋，没有阻止黑色的停顿，却把黑色无限铺展。空旷，荒芜，那种漆黑的颜色产生出的无助和孤单，令人崩溃。三岁的时候，父亲把我放在挑篓里，从缅甸的大山里挑来，从下关火车站走到金川河岸。夏日中午的日光晒得我眯着眼睛，日光像白霜一样令人战栗。

而我眼里的世界却是一片黑色，黑得令人战栗，铺天盖地，令人绝望。电影开始了，电影里的音乐，流动的树叶和人影，纯洁的爱情，就像一场盛宴在等待我们。电影里面的光影流盼和电影外面的漆黑，就像两个世界。现在，我在这个美妙的世界里穿行，第一次听到那么好听的音乐，我被深深打动，内心从未有过的细密和柔软生出来，一种幸福的忧伤布满全身。

回家的路上，我们谁也不说话，紧紧地依偎在一起，快步行走。我的心里回响着电影里的音乐，眼前的黑暗世界被我往远处推开，我仰脸望着街灯，湛蓝的夜空缀满陌生的星星。突然，闻鹃姐姐像踩到地雷一样跳起来，她大叫，啊！流氓。我就看见一个老头，在街灯下，提着裤子，不急不忙地转身离去。

第十七节

晚饭后，闻鹃姐姐来跟我要钱，她把钱全部拿走了。我问她要钱干什么，她有点神秘地说，明天告诉你。明天以后的明天，我见到了她，她告诉我，她要搬走了，她一个人走。你到哪里去？我问她。只告诉你一个人，千万不要告诉别人，记得有时间去看看我。我点点头，会去看你的。

学校开学的时候，全校师生都在疯传一个令人震惊的消息，一个父亲，强奸了他的两个亲生女儿。这个传言是可信的，我们轮番跑到菜田对面的电机厂，传达室的墙面上贴着法院的判决书，判决书上有他犯下的罪行和判决的期限，他被判处无期徒刑。他的大女儿已经上中学，小女儿是小学五年级的学生，那个女孩发育得很好，个子高挑，体态丰腴，是一个留了一年级的女生。她们的母亲长年卧病在床。哥哥在军工厂工作。这是一对早熟的姐妹花，个子比一般女孩要高大，雪白的皮肤，漂亮的脸蛋，在校园里，比起一般的学生，要醒目得多。

父亲坐牢以后，大女儿余弘不堪社会上的流言蜚语，下乡务农去了。闻鹃和余弘是同学，她去余弘家写作业时，认识了余弘的哥哥余维。那个时候的余维已经二十四岁了，正在和一个服装厂的女孩谈恋爱，海燕牌手表都买好了，打算结婚。见到闻鹃以后，突然对那个女孩改变了态度，他不喜欢那个女孩的手，她的手骨节粗大，拇指短小，手背上的皮肤皱得像鹅掌一样。

闻鹃姐姐放学后，去他家做作业，他把她的双手捧在自己的手里，看得痴迷。你的手，多么漂亮啊，像圣母的手一样娇美，我要找个画家，把你的手画在我的吉他上，抱着吉他，就好像抱着你。他低头吻她的手背，告诉她，她是多么纯洁。你知道吗，你有多么漂亮，你是一只降落到地上的白天鹅，他告诉她。她摇摇头。是的，你就是白天鹅。他说得语气坚定，目光不容置疑。他跟她谈贝多芬，说起他的理想，他不想做一个平庸的人，好像他是有使命感的，生来就是要做大事情的。但是，他到底要做什么呢？我问闻鹃姐姐。她说，我也不知道，只是觉得他不平凡。

闻婵去世以后，何大胖子一下子少了两个人的工资，脾气日渐刁钻，对闻鹃开始横挑鼻子竖挑眼，嫌她吃饭有声音；吃了一碗还添一碗；稀饭煮得像干饭一样，照这样吃下去，她们家迟早要给她吃个大窟窿。这些年来，她们家就是多了她这张嘴，才这样败落，老天真是不长眼睛，该死的不死，不该死的却死了。

何大胖子的家，闻鹃是待不下去了，她给余维看她后背上的大片瘀血，她的后背几乎成了青黑色，大腿上也是青一块紫一块的瘀斑，屁股上更是没有一块好肉。何大胖子说过，打这些地方，才不会伤到自己的手，不然，闻鹃那么瘦，一不小心，骨头就会戳到她的手。闻鹃不能坐，睡觉不能平躺，要侧身。何大胖子在戏班唱戏的时候学来的一套，打小孩不要打伤内脏，更不要伤到筋骨，拣有肉的地方，手掐准了，往深里转一圈，小孩的肉是有弹性的，掉不下来。

余维坐在沙发上拥抱闻鹃，像抚摸芭比娃娃一样爱抚她，理顺她落到前额上的头发，用拇指轻触她的嘴唇，感受少女唇上卷曲的线条和细密的绒毛，把她举起来，放到自己的腿上，吻她的前额和面颊，伸出舌尖。她也学着他的样子伸出舌尖，他试图打开她，却发现她还是一个混沌未开的孩子，一种悲凉、圣洁的使命感涌上心头，他对着她的耳朵轻声慢语：一只白色的天鹅／在河岸上飞行／纯洁像天使／暴雨打湿了羽毛／降落大地／不幸开始／我的热情似火／温暖你潮湿的羽毛／欢乐就要来临／我们比翼双飞。

在何大胖子下班之前，闻鹃收拾好了自己的书包和几件衣服。小表哥在生产队放农具的大草房门口看到一辆没有上锁的三轮车，他把三轮车偷偷骑过来。我和弟弟，闻鹃姐姐和她的行李，一起跳上三轮车，我们沿着金川河岸，朝余维家一路骑去。

正是金川河水的枯竭期，河床里的石头，大大小小的，露出了水面。小表哥的三轮车骑得飞快，他和弟弟一路吹着欢快的口哨："啊，朋友，再见，啊，朋友，再见，啊，朋友，再见吧，再见吧，再见吧……"

阳光照耀在河岸边的石子小路上，刺得我们睁不开眼睛，也看不见天空，视线里全是一束一束的光。我们在光束中行驶，仿佛没有了地面，没有了天空，只剩下速度和光，还有像光一样移动的时间。我感到时间还存在着，我们被时间存在着，存在于光速中，速度使我们迎着光，向前，飞行。

忽然，光丢失了，巨大的颠簸之后，一声巨响，颤动，速度静止，我们回到地面。准确地说，是我们回到了河床上，我们睁开了眼睛。三轮车在小桥上转弯的时候冲下坡道，失去控制，冲下河堤，卡在河床上大大小小的石块中。

小表哥依然坐在三轮车上，扶着车把手，回头看到我们还坐在三轮车上，一脸茫然，神情恍惚。他瞬间清醒，试图踩一下脚踏，然而车轮已经被卡死在石头的缝隙中，显然，他没有能力把三轮车骑上河堤。意识到这一点，小表哥从三轮车上跳下来，弟弟也跟在他后面跳下车，他们两个像兔子一样，眨眼间消失在河床上。

我和闻鹃姐姐回过神来，爬下车，拿起她的行李，爬上河堤。桥面离河堤的路很陡，闻鹃姐姐试着踩着一块石头，石头有些松动，她换了一块石头，这块石头比较牢固，她爬上岸，接过我手上的行李，拽住了我。

原载《上海文学》2012 年第 10 期

不想分手

一

　　南京的夏天热，是那种湿热，像油腻腻的热抹布，贴在你身上，把你裹着，走到哪里都甩不掉。而不像北京，有一丝丝风，就带走了。所以，我的夏天是不分白天黑夜都要待在有空调的电脑边上的。一来可以凉快，二来可以在 QQ 上跟女人聊天。

　　不少网友知道我的年龄只有 26 岁的时候，就不愿意再搭理我了。我知道，女人是不喜欢这个年龄的男人，这个年龄的男人没有权，更谈不上钱，钱这个东西对于女人来说是衡量一个男人成功与否的重要砝码，明白这一点后，我就调整了自己的年龄和身份，我最近在网上登记的年龄是38岁，职业是旅游专家。没想到这么一改，我在网上就交了桃花运，那些新认识的女人纷纷过来和我聊天，聊差不多了，就视频，有个女人和我聊过几次，她的名字叫忧伤玫瑰，比较投缘，视频以后，她对我的相貌还是比较满意的，觉得我长相年轻，不像一个38岁的成功男人那样发福，她约我见面，地点定在火车站。新修的南京站很大，我对那里不是很熟悉，去了会不会有什么危险呢？一个男人去和陌生女人约会，充满了不确定性，有的时候是一场艳遇，有的时候就是一场陷阱。

可是，她的模样对我还是挺有吸引力的，她长得有点像我的师妹小雪。小雪是个好姑娘，可惜她给清华的一个小子捷足先登了，他是她的老乡，中学同学，都是北京人，我还有什么竞争力呢？况且小雪这个看似温顺的女生，骨子里还是有点拗的，她的眼里只有她的男朋友，她死心塌地地要嫁给他。在她眼里，好像全世界的男人都不存在，只有她男朋友才是男人。

一天下午，我在南大前面的广州路上瞎逛，刚好遇到小雪，我们不约而同地走进了先锋书店，才上二楼，她的手机响了，是她男朋友打来的。她男朋友知道她和我在先锋书店，就要求她立即回宿舍，八分钟后他打电话到她宿舍，可怜的小雪来不及和我打个招呼，掉头就跑，几乎是连滚带爬地冲下楼梯，往宿舍跑去。广州路上的先锋书店离研究生宿舍楼还有段距离，况且她们女生住在六楼，看着小雪慌张的样子，我心里有一种说不出的沮丧和忌妒。我没有翅膀，我要有翅膀，她那么可怜，我还是会借给她的。一个女人对男人痴情到这种地步，我们这些历史系的男生只有把眼睛挪到别处。

我决定和忧伤玫瑰见面，时间定在晚上七点。刚好吃过晚饭，就省了我一顿饭钱，天也不是很黑，好让我看清她的模样和年龄。在现实中，她到底有几分像小雪，更重要的是定在这个时间，要是情况不对，我好随机应变。就像上次，我去火车站接一个网友，视频看着还不错的一个女孩，到了出站口，她刚走到我面前，一股人腥味扑面而来，吓得我往后蹭——蹭——蹭，连退三步，掉头就跑。

要是女人的身体还没有走近，就散发出这样浓烈的人腥味，一定是个有病的女人，至少她是不干净的。我喜欢干净的女人，甚至是干净得有点轻微古怪的女人，这样的女人身上总会散发出草茉莉的幽香，一缕一缕，似有似无的香味儿，叫人难以捉摸，青幽幽的，像是半夜草坪上的雾霭，柔得人心都要化了。小雪就是这样的女孩。就在我准备出门的时候，手机响了，难道是忧伤玫瑰已经到了吗？我看了一下来电显示的号码，竟然是小雪的。

小雪从来不主动给我打电话的，而且是在天黑以后。我按了一下手机的接听键，我说："小雪，你在哪里？"她一听到我的声音就哭了，哭声像收拢了很久的水闸突然间打开，奔腾咆哮，再也收不拢。小雪从来没有在学校哭过，我被她的哭声搞蒙了，不知道发生了什么事情，小雪会这样伤心，这不是小雪的样子，她一向是个内敛又懂事的女孩，能做的事情都尽量自己去做，从不轻易麻烦别人，特别是男同学。可是现在，她的哭声，就像天塌下来一样。

我急忙对她说："别哭别哭，你在哪里？"小雪重重地抽泣了一下，止住了哭声说："我在玄武湖公园里。"我一听到她在玄武湖公园，我的头就炸开了，心里陡然生出一种不祥的预兆，天这么晚了，还下着雨，她一个人在公园里，哭得像个散了架的泥人，一定是被人欺负了，是哪个混蛋把她伤成这样，我握紧了拳头，我要把那家伙揍扁。

我家住在鼓楼北隧道口的付厚岗小区，这里离玄武湖公园很近。我到阳台上拿了一把伞就往外跑，跑到路口时，小雪的身影就像一道月白的光从黑暗中闪出来。她穿了一身乳白色的淑女套裙，看到我的时候，摇摇摆摆的样子，就像一只受了重伤的小羊，穿过黑暗中的雨雾，穿过大学四年的同学时光，朝我跑过来。

我伸出长长的右手臂，我顾不了这么多了，我早就想能像她的男朋友一样，把手臂揽在她的肩上走路。在校园里，在黑暗中，特别是在雨夜里，我和她两个人打一把伞，那是多么浪漫的幸福时光。我在大学期间没有及时表白我对她的感情，好在我没有表白，即使我表白了也没有用，她的心里早就被她现在的男朋友装满了。她对他的感情就像一只忘记关水龙头的水桶，流得满地都是水，没有一个男生不知道。我在这样的情况下去表白，她不把我当成流氓，至少也不是个好东西。在一个自己喜欢的女生面前，做流氓和坏东西，不如老老实实做个普通同学，做普通同学兴许还有机会，做流氓就一辈子也别想了。

现在，上苍把她送到我面前，我是既兴奋又为她担心。皇天有眼，不负苦心人。我伸出右手，揽住她肩头的那一刻，她就放声大哭起来。我看她的脸，哭得脸变形成一团面糊，低头看她的腿和胳膊，一只也不少，裙子是干净的，没有泥巴和血迹，我悬着的心落了下来。

马路对面有一个人走过来，我不想小雪失控的样子被人看到，我说："小雪，别哭，到底发生了什么？你说呀，谁欺负你了？你快说，我去揍他。"小雪什么也不说，只是一个劲地哭，她绝望的哭声就像一座马上要坍塌的桥梁。雨下大了，我撑开雨伞，水就从伞面上倾泻下来，一个闪电之后，紧接着炸雷就在头顶惊响。惊雷中，我听见小雪爆破的声音从喉管喷出："我男朋友和我分手了！"

我一听这话，所有的担心都云消雾散，一股发自心底的高兴，就像一个成功的小贼，看着失主朝我呼救。这一刻，我真是体会到什么叫幸灾乐祸了。她和她青梅竹马的男朋友结束了，她哭着走在我的身边，我按捺住心头的窃喜，轻轻地拍打着她的后背（与其说是拍打，不如说是抚摸）。我说："不哭、不哭，乖……"心里却想，哭吧，哭吧，把你所有的伤心全哭出来，此时，此刻，在雨中，我多么愿意，她是我臂弯里哭泣的小羊。快到我家的时候，我才发现我走的时候太急，钥匙被我反锁在房间里了。

我给我姐打电话，让她快点给我把钥匙送过来。我姐来开门的时候，小雪不哭了，她大概是哭累了，一点声音都没有。她身上穿得很有质感的衣裙在雨夜中就像小羊的绒毛，她的一双眼睛就像小羊的双角，犀利地竖在遮雨篷下面。她站在我身边，安静得就像一只在睡梦中突然被惊醒的小羊。

二

我领小雪去洗手间洗手，她的手臂上有伤痕，渗出的血混着泥灰。我带她去医院包扎，她在路上哭，当着医生的面也哭，像个哭傻的孩子，张着大嘴，好像世界不存在了，好像她除了会哭，什么都不会。女医生轻手轻脚地在她的伤口上清创，涂药水，她就不停地诉说，诉说男朋友对她的霸道。她总是问我，为什么？为什么？她想不通，为什么男朋友要对她动粗，为什么男朋友要把她推下汽车，在大庭广众之下，叫她丢尽了脸。她的手臂上缠了一层又一层的纱布，眼泪鼻涕在脸上像暴雨下个不停。我掏出纸巾，轻轻地拭去她脸上的泪水，除了伤心，她好像什么感觉都没有了。

忧伤玫瑰的电话来了，她说："你怎么这么不守信用，我在火车站已经等了你一个多小时，你怎么还不来，你总是不接我的电话，你在干什么？""我在干什么？"我反问她，我干什么要她管？我最讨厌的女人就是在跟她还没有什么关系的时候，她就打算控制你了。和这样的女人打交道，简直就是把枷锁往自己的头上套。我什么也不说，"啪"的一下把手机关了。

小雪的父母是南大毕业的，深圳热的时候双双从北京去了深圳发展。小雪18岁那年考上南大历史系，从那时起，我们就成了同班同学。后来，我考取了本系张宪文教授的研究生，小雪英语差几分没考上，第二年又考，终于考到了张教授的门下。我们算是不折不扣的师兄妹，小雪是个干净又安静的女孩，家境较好，男同学都很喜欢她，虽然知道她有男朋友，而且还和我们刻意保持了一定的距离，但是大家对她还是有想法的。她一天不结婚，我们就一天不会死心。

在从医院回家的路上，小雪哭得浑身发抖，她不断地重复男朋友推她的动作，把我推来搡去，力气大得要死。人的心灵受到了伤害，却以另外一种方式把这种伤害反复重演，才能平复。

回到家的时候，我在沙发上坐下来，小雪在对面说："我今晚没有地方去了，宿舍去不了，同学们看见我这样子，越解释越说不清，我怎么办啊？"我说："今晚你就住在我这里，我到我姐家去睡。"说完，我给我姐打了电话，叫她不要把门锁死，我下半夜要去睡觉。

小雪有了落脚的地方，心里踏实多了，她问我："我对他那么好，他为什么要这样对我？"我说："到底发生了什么？你不要哭，慢慢说来。"

小雪边哭边说："我前几天在宿舍赶论文，梅雨天，空气湿热得厉害，计算机老坏，我又发烧，他给我打电话的时候，我就忍不住哭诉。他说你别哭了，你哭得我心里真难受，我来南京帮你修电脑算了，然后和你一起回深圳。他从北京到南大以后，我让他住男生宿舍，他不肯和男生住一起，就找了学校的招待所住下来。可是，他修电脑时却把我快写好的论文全弄丢了。我急了，就抱怨他，本来论文写好就可以双双回家的，现在又要重写，又要耽误几天，我很生气。他就拉我出去散心，我们就去了玄武湖公园。我没有心思逛公园，想回学校修电脑，写论文，天黑的时候，我们离开了公园，上了公交车，我要回学校，他要去饭店吃饭，车到鼓楼的时候，他非要下车，我不肯，他就把我推了下去，我的手臂就是在公交车站跌的。"

我告诉她："男人都是有脾气的，男人要是没有脾气，男人就不是男人了，一定是你平时对他言听计从惯了，现在你突然不听他的，他就会没有面子，自信心受到挫败，关键时刻，他为了自己的面子，就顾不上你的面子了。"

这期间，小雪好几次打开挎包的拉链，拿手机出来看，她在等待什么人的电话或是短信吧。她低头的时候，我看到她领口下面的乳沟，深陷在白皙的皮肤下面，像有个吸盘，把我的眼睛给吸住了，怎么也移不开。她抬头看我的时候，我有点发慌，好不容易才把眼睛转开。但是，她还是感觉到了，她本能地把领子往上拎了拎，迟疑地问我："那他还会理我吗？"

我说："当然，等他在街上吃了晚饭，消了火气，就会来找你。"

小雪说:"可是他不知道我在你这里呀,他找不到我怎么办?"

"你真是多虑了,他不会给你打手机吗?"

"要是他手机没有电怎么办?"

"满大街的公用电话和磁卡电话,他可以用啊。"

"要是他走丢了怎么办?他从来没有一个人在南京上过街,都是我陪他一起走的。"

"一个堂堂的研究生,要是他在南京的街头走丢了,你趁早不要跟他好了,这样的人能和你过一生吗?这样的人能照顾你一辈子吗?智商这么高的人,回南大的路都找不到,情商太低了吧?"

"他和周围人的关系很好的,他不是那种人际关系紧张的人。"

"至少他没有照顾好你,你是女生,天这么晚了,又没带伞,还下雨,他也不给你打个电话,他不担心你,你却担心他?"

小雪瞪着一双疑惑的眼睛问我:"那你说他会主动找我吗?"

"如果他不主动找你,他就不是男人。俗话说,好了伤疤忘了痛,你可不要伤疤还没有好,就主动去找他。那样的话,你就太没有血性了。"小雪在确认他会回头找她以后,长长地叹了口气,紧皱的眉头渐渐放开,回忆起她和他在一起的情形,回忆使她轻松和沉醉，却使我莫名地恼火。

她自顾自地说："我去他家的时候，他妈妈都把他照顾得好好的。有一次，他有点不舒服，他妈就煲了一锅鸡汤给他喝，他不想吃，他妈又煲了一锅鱼汤，他还是不想吃。他妈就去菜场，再去买其他的煲汤的菜了。他妈走之前，把我领到厨房，打开冰箱的门，告诉我各种吃的东西都放在哪里，要我照顾好他，等他妈一走，他就从床上跳起来了，他根本就没有什么大毛病。"

我挖苦道："一个大老爷们，躺在床上，当着女朋友的面和老妈耍嗲，真是不嫌丑。你不是女朋友，而是他的小妈。"小雪像没有听见我的话，继续说："是呀，他看到我来，也不起床，躺在床上喊我小姐姐，叫我倒水给他喝。倒了白开水不喝，要喝果汁，果汁没喝完，又要吃酸奶。他妈买的酸奶不吃，非要叫我亲自去超市买，他只吃我买的酸奶。"

"他以为他是贾宝玉呀？你不要把自己当丫鬟供人使唤，女生不自爱，就别指望男生会爱你。"

"那他知道我爱他吗？他会来找我吗？"她最关心的是他会不会来找她，她根本就忽略我的感受，或者是说她就没拿我当个男人。但我忍住了内心的不满，爱情是个魔鬼：她爱的男人，不爱她；爱她的男人，她爱不起来。我勉强打起精神说："他还会不知道？他不是傻子就是自私，他只考虑他的感受，从来不顾及你的感受，他最爱的是他自己而不是你。"

"男生都这样吗？"

我想了一会儿，不想说假话，一句假话一出口，就要找更多的假话来圆这句假话，假到最后，自己都扯不圆了。我为什么要说谎，为什么要把这个世界描绘得这么温暖，于是我报复性地说："都这样。"

"你也会这样对你女朋友吗？"

"我没有女朋友。"

"如果有呢？"

"如果我妈这样惯我，我女朋友这样宠我，她事事能干，根本不需要我帮她，我肯定也会这样对她。说穿了，他给你捂馊了。一个男人轻易得到的东西，就不会去珍惜，费尽千辛万苦得到的，就会当个宝。在男人这里，东西本身的价值并不重要，重要的是得到的过程，过程才是男人认知价值的砝码。"

"可是，杨振宁和李政道的老师就是个矢志不渝的人，他的妻子患有肺结核病，不能生小孩，他的父母坚决反对这场婚事，他还是坚持娶了她，并终身没有再娶，夫妻感情非常好。我男朋友看了这个电视后对我说，他也会这样对我的，他会吗？"

"会不会，不是说着玩的，是要用一生的行动来兑现的。好听的话哪个不会说，这次，就是看他行动的时候。他要是心中真的有你，不管哪个人有错，他都会来找你的。"我不想小雪去找他，我要阻止小雪去找他。

"那你说，我有错吗？"

"你没有错，真的没有，你要晾晾他。如果你控制不住自己的情感，想马上同他和好，你的伤就白受了。你不是输这一次，而是要输一生了。你愿意他脾气上来就对你使用暴力吗？每个人都要为自己的一时冲动付出代价，你愿意再挨暴力？"我用激将法，不让她去找他。

"我长这么大，我爸爸都没有对我动过一个手指头。即使全部是我的错，只要我爸爸看到我手上有一点伤，他就会马上怪自己，不停地哄我。要是我爸爸看到我膀子上缠了那么多纱布，他一定气死了。"

"你想要像袭人一样去照顾贾宝玉，还是想叫他像你爸爸一样疼爱你，全在于你怎么做。你重新调整好自己的感情，去审视你的这段爱情：自从有了他，就不把我们当男生了。其实，以后走到社会上，我们对你还是会有一点用的，你干吗躲我们？"我酸酸地把话题引到正道上，探探她的心机。

"我手机上的所有号码他都要检查，查清楚是谁打来的。如果手机响了，他刚好在，看号码是男生打的，他就说不接，我就不敢接了。短信，他也要查，是男是女是什么关系都要讲清楚。有一次，我们班的几个同学聚会，我给一个男生夹了一筷子菜，他当时什么也没有说，回到家，把我骂了好久，说我行为不检点。我下次就注意了，再也不敢跟男同学来往了。他说他喜欢淑女，电视上和学校里的那些破烂货，他才看不上呢，人尽可夫的女孩是不配进入他的视线的。他经常拿电视里的人教育我，他最在意女人是不是淑女了，所以，我只在淑女服饰商店买衣服。"

这个自私的打着爱情幌子的骗子，我想，他×的，原来他就是用这种偏执的洗脑的办法，把小雪完全控制了。我郁闷，想去揍他一顿，剥下他的画皮。我挖苦她说："一个独立的女性，没有一个异性朋友，你不觉得自己有点怪吗？我们这一辈的人，大多数都是独生子女，没有兄弟姐妹。多少年后，等我们的父辈离开了我们，到时候，你除了丈夫，一个亲人也没有，要是你丈夫再有个三长两短，或是背叛了你，你去找谁哭诉？我们才是你最靠得住的人。"

　　小雪却辩解："可是，我是有男朋友的人，怎么能再跟别的男生交往，那样的话，我男朋友肯定要说我是烂货了。"

　　小雪这番荒谬的话，令我啼笑皆非。我忍不住把手放在胸口，不停地画着十字，脚在客厅来来回回地踱着方步，装成《红字》里的神父的样子，吓唬她："在这场爱情的游戏中，你注定要死了。他是孤立你，叫你离不开他，他就成了你的精神教父。上帝派我来拯救你，主啊，阿门，拯救你善良的臣子吧，她已堕落，无处可逃。"

　　小雪扑哧一声笑了，她终于说了段反省的话："我是不是在爱情的洪水中淹没了自己？我像一个盲人被他牵着手导行，我迷失了自己？网络上有一首不太流行的歌叫《稻草人》，歌词大意是：我是你的稻草人，我没有自己的灵魂，我只想听你的摆布，那样也觉得是幸福的。"

　　我笑着调侃她："多么幸福的女人，一个迷失了自己的人，还有什么魅力？"她却问我："你觉得我有没有魅力？我要怎样才能有魅力？"

这话从她嘴里吐出来，轻浮了。但她是认真的，就由不得我信马由缰，前面一句话我不想现在回答，说了，伤她自尊。后面一句话我告诉她："女人要像一个千面女郎，不断展示她光彩的一面，开拓创新，用神奇的新鲜感叫男人着魔，无法摆脱。"

"那杨振宁的老师的妻子是不是这样的女性？她一定有自己的独特魅力，叫对方不能放手。"

"应该是的。"

"可是我和男同学来往，要是他们以为我对他们有意思，想追求我，那怎么办？那不是很糟糕的事吗？我是有男朋友的人。"

小雪这样的问话，就像个弱智，女人一恋爱跟白痴差不多。我压住心头的不耐烦说："你讲清楚你的处境就行了，你有交往异性的权利，你放弃了，还被套上精神枷锁，一个南大的女生走到今天这步，你不觉得自己落伍吗？你被爱情往回拖了一个世纪，该睡醒了。亏你还是学历史的，历史就是叫你倒退吗？"

"其实我们班的女生都很羡慕我的，男朋友又高又帅，又在清华这样的一流学府，专业又好。"

"听了这样的恭维话，你的虚荣心得到了极大的满足。其实鞋子穿得是否合脚只有自己才知道。"

我一口气对小雪说完这些话，就背过脸去，打了个长长的哈欠。她的问话，真叫人心烦，说了那么多，我很累，总算把她说得不再流泪，露出了从脑门开始传导到下巴的稍纵即逝的笑脸。我说："天不早了，你洗个澡先睡吧，我到我姐家去睡觉。"

没想到小雪却说："我还是回学校算了，我爸爸经常会打电话来，看我是不是回去得太晚，他严禁我在外面过夜。"

我只好送她回学校，付厚岗离南大只有两站路，所谓两站，还不到北京的半站。鼓楼大转盘南边一站，北边一站，走回学校也不算太远。小雪坚持要自己回去。我说："天这么晚了，要是有坏人跟踪你怎么办？还是我送你吧，送到学校门口我就走。"

小雪接受了我的建议，她坐在我的自行车后座上。雨停了，下坡的时候，她的身体往前冲，温软的前胸抵着我的后背，我心里的小鹿蹿出来，不想现在就分手。我一只手托了车把，另一只手忍不住想牵她的手。我看不见她的脸，我的手往车后拍了拍她的膀子说："下坡了，你抓紧我。"她的手抓紧了我背后的单衣，我猜她是怕在我这里过夜，明天回去和男朋友交不了差。她心里太在意他的感受，说到底还是他比我重要。

自行车骑到鼓楼转盘时，小雪就问我："他房间的钥匙在我包里，要不要先去他住的地方给他送去？"我说："不要，他没有钥匙可以叫服务员开门，或者在你宿舍等。到现在都快 12 点了，他也不打个电话，不管你的死活，你还担心他没有地方睡觉，真是太下作了。"后面这句话，我想说，吐口痰，硬是咽回去了。

小雪说："万一服务员没有钥匙的话，他不是进不去了？还是先去招待所，把钥匙交给服务员。"

我越是不想她去找他，她越是想去，她不记仇，更确切地说，她看似平静的表面下，爱情的浪涛依旧疯狂。我劝她："要是服务员拿了钥匙，就躲到什么地方睡觉去了。而他正在你宿舍等你，岂不是被动了，他又要怪你了，变来变去不如一成不变。"

小雪只好无奈地说："也是，那我就先回自己的宿舍，宿舍12点关大门就进不去了。"

我和小雪都不再说话，骑到珠江路口的时候，小雪要下车走回去。我猜她是怕男朋友在学校大门口等她，看见我送她。

果然，她说："他看到我现在回校，会说你倒蛮快活的，一个人出去玩了。"所以她执意要一个人走这段路。

我压根就不相信那小子会在大门口等她。小雪下车后，我没有掉头，而是骑到学校门口前方停下来。回头看去，小雪还没有过来，校门口有几个卖烧烤的新疆人在吆喝羊肉串，三三两两的学生站在摊点附近，有几个男生，我不认识。我的视线就顺着小雪来的路线看去，一会儿工夫，我看到小雪像一只小羊，摇摇摆摆地走过来了，她走进校门口的时候，没有停留，也没有男生和她打招呼，她径直走了进去。

三

学校已经放假，多数同学都走了。我每天都赖在家里睡懒觉，醒来后我就想小雪的事，看得出来，她是个用情很深的女孩，一夜过去，她会不会经不住男朋友诱惑，重新投入他的怀抱？我要在她起床之前给她发个短信，阻止她去见他，我在手机上输入这样的话给她发过去："你生来是被人怜爱的，怎能如此受伤害？不要轻言原谅，那会把自己一生输掉，用理性和智慧解读男人，而非一腔痴情。"小雪一定会收到我的短信，她急不可待地等待她男朋友给她发短信，关心也好，道歉也好，只要他搭理她，她的心里就会有一种失而复得的欣慰。可以想象这个夜晚她是怎么熬过来的，她一定躲在蚊帐里，独自咀嚼男朋友伤她的一幕幕。她默默地流泪，用口水舔舐自己的伤口，同时热切地期盼着男朋友道歉的短信或是来电，可以想象，她什么也不会等到，除了我的短信。

我去街上买了豆浆和油条回来，才吃到一半，电话就响了。同学都回老家去了，没有人会找我，除了小雪，果然是她。小雪在电话里说："我昨天晚上回去的时候，我的同学告诉我11点多钟，他打电话来找过我，我就给他住的地方回了一个电话，他在看电视呢，叫我过去。我说12点宿舍就关大门，我出去就回不来了。他说你到我这边来，不要回去了。我说我累了，我要睡了。他就把电话挂了。今天中午，我去给他送钥匙，顺便把放在他那里的书拿过来。走的时候，他把一张火车票塞到我手里，我不要，他非要给我。拉拉扯扯的，让同学看到多不好，我只好拿着，是明天晚上的票。我的论文肯定写不好，我走不了的，我怎么办呀？"

我的努力没有白费，她总算听了我的，没有过去找他。我说："你今天什么也别想，安心写论文，也许明天会有进展，明天上午我给你打电话，看看你写的情况，不行我帮你写算了。车票的事也放到明天再说，你最好还是和他一起回去。那么远的路，两个人一起走有个照应。"我心里是希望小雪留下来，不要和他一起走，但是，我如果这么说了，岂不是司马昭之心，路人皆知？好像是我从他手中把小雪抢走似的，小雪也会看不起我。我必须摆出一种姿态，一种把小雪当作妹妹的姿态，让她越来越依赖我，越来越相信我。她喜欢谁是她内心深处的东西，不能强求。

小雪说："我爸爸打电话来问了，他说要我以学业为重，他要我写好论文再走，不要做学习上的逃兵。我爸爸说，人是要有精神的，特别是锲而不舍的精神，不管是生活上还是学习上。"

我说："你爸爸说得对，就听你爸爸的，明天我帮你退票。明天你情绪稳定下来，也许能决定买哪一天的票走了，退票的同时就把新票也买了。"

小雪说："还是你考虑得周到。我昨天晚上两点多钟还没睡，一直在想过去他追我时的情景，那时，他对我是多好呀，为什么现在要这样对我？我脑子里面老是回想我们过去的时光。现在，我们还没有结婚，就变成这样，我是不是做人很失败？"

我说："你是个好姑娘，百里挑一的好姑娘，你没有错，你太单纯了，还不懂男人。男人不会因为你一味地对他好，他就会对你好。有时，男人自己也不知道自己要什么。你还小，你不懂，你以后会懂的。男人不是好东西，男人真不是好东西。"

小雪听了我的话笑起来说："你呢？你是什么东西？"

我感觉到小雪不想挂电话，她愿意和我多说一点。以前，她的眼里和心里都装满了她的男朋友，好像全世界的男人都不是男人，全世界的男人都死光了，她和我们礼节性地保持了不可逾越的距离。现在，这种距离突然间拉近了，我应该把握住这种距离，让它行之有效的缩短，又不至于生拉硬拽。

下午4点，小雪即使午睡，也该起来了。离学校食堂开饭还有一个小时，我往她宿舍打电话。接电话的女生说她不在，可是那个女生的声音怎么和她一样呢？她总不会说自己不在吧？她即使不想接我的电话，也不要这样戏弄我，小雪不是这样的。一定是我听错了，一个宿舍的女生说话声音像，也不奇怪。

既然小雪不在宿舍，一定是到她男朋友那里去了。我不必傻等，准备出门去我姐家吃晚饭，顺便看看小侄子的功课。我姐说，要是我能把小侄子的功课辅导好，考上重点中学，她就奖励我两万元，比择校费还多五千块钱。有了这两万块钱，我可以很潇洒地谈对象，带女朋友出入一些体面的场合了。可是，我们历史系的男生，在找女朋友的问题上，比外文系和中文系的要差多了。我到现在还光棍一个，要是能找一个小雪一样的姑娘就好了，要是她能像小雪对她男朋友一样对我，我这一生也值了。只道是：命里有时终须有，命中无时莫强求。

我跨上自行车往我姐家的方向骑去。上了鸡鸣寺，小雪的电话就来了。小雪说："你还有空吗？你能到学校来一趟吗？我想跟你说点事情。"我一只脚踩在安全岛上，两只手捏紧手刹说："好呀，我在学校门口的新杂志咖啡馆等你。"

我的线路图改变了方向，先是由付厚岗往东边的我姐家骑，现在又掉头往西边的南大骑，只要是小雪的召唤，我每天把这座城市骑一遍都无所谓。

我在新杂志咖啡馆的一楼找了个隐蔽点的位子坐了下来，男服务生过来问我要点什么，我说："暂时不要，等一个人，来了再点。"

服务生走了。我在想我和小雪的事情，没有一点进展。问题是他们两个黏得太紧，剥离是痛的，连着皮和肉，有一个过程。我要理解小雪，要有耐心，才能有结果。这么想着，就看见小雪过来了。她站在门口，四处张望。我朝她挥手，她看见我了，朝我走来，我看到她的精神比昨天好多了，安静地坐在我对面，眼泪被她在夜里流干了，白天的脸上就显得干净的样子，原先水汪汪的眼睛好像被抽湿机抽过，水分缩了不少，有点干涩。刚才的服务生又捧着菜单过来，我殷勤地看着她的脸说："来点什么？先吃饭还是先喝点饮料？"小雪说："这几天，我的胃罢工了，什么也吃不下，先喝点水吧。"我说："咖啡还是果汁？绿茶还是红茶？"小雪说："我妈妈说咖啡连续喝几次就会上瘾，还是喝绿茶吧。"

茶水还没送来，小雪就急切地说："我刚才去他住的地方拿我的U盘。走的时候，和他打招呼。我以为他会请我和他一起吃晚饭，可是他什么也没说，眼睛盯着电视机画面，看都不看我一眼。我按照你教我的办法对他，既不冷淡也不热情，像对普通朋友一样。我心里在等他对我说道歉的话。他一点道歉的意思都没有，我只好讪讪地走了。走到拐弯的地方，他喊我小雪，你过来。我就走回去，我想他终于要给我道歉了，我等待着那一刻的到来，他张了半天口才说，这是我喝的咖啡，我不要了，送给你。我以为他是要对我说对不起的，他根本就不想说，我就拿着他的咖啡走了。走到拐弯的地方，他又喊我小雪，你过来。我又走回去。他说这是我的摩丝，我不要了，给你。我就拿在手上走了。我现在觉得，我就像他养的一条狗，呼之即来，挥之即去，我什么都不是，我只是一条狗，一条可怜的要他施舍爱情的狗。"

小雪说完，眼泪又涌了出来，像个木头人一样，直挺挺地竖在桌边。我拿纸巾，轻轻地给她拭去泪水。小雪的内心一定难过极了，看得出来，这个女孩子被爱情摧毁了。我实在不忍心看到这个乖乖女为情煎熬，可是我能有什么办法去拯救她呢？我要怎样做，才能让她开心，才能让她重新获得她想要的爱情？我最想做的事情就是把我的爱情像球一样，完整干净地踢给她，可是，她就像一个尽职的守门员，除了那家伙的球，谁也别想进去。

我把小雪面前有点凉的茶水倒掉，给她倒上热的，递给她喝，她就接过杯子一口气喝完了。我想起大一时的一次同学聚会，女同学都不好意思吃菜，只有小雪一个人，像在家里一样，大大方方地吃菜，结果剩了好多菜。听说晚上回去以后，除了小雪，女同学都加餐了。又有一次，小雪在我家门口的淑女屋专卖店买了一件格子短袖衫，很贵的那种时尚名牌。农村来的女同学看见小雪穿她们在乡下穿的衣服，就一下子拉近了和小雪的距离。小雪也很高兴，她特别在意自己不要搞特殊化，生活上和其他同学打成一片。她身上有一种和她年龄不相称的低调，是我们历史系比较传统的女生。这样的女生不会是个好情人，但绝对是个好妻子。

我和小雪大学四年的同学中，基本上没有看到过她有什么出格之举。她温和地对待同学，大部分时间泡在图书馆里，偶尔会和几个女同学去新街口逛逛商场。学校就是她的家，她平静地毕业了，又平静地考进来。在她的意识形态里，多少对外部世界保留了一点不同方式的"对抗"，保留了属于自己内心的一份温和的坚守。这种坚守使她在为人处事极端认真的同时，也表现出了执着背后的愚钝。从她全身心投入的这场爱情中，我看到了她为此付出的代价，她一个人躲在角落里咀嚼挫折的滋味，还给我抛一根骨头过来，让我也品尝一下。叫一个爱她的男人，尝尝她爱别的男人的滋味，够残忍的，我心里的感受她不知道？如果她知道我对她的感情，她一定离我远远的，她闹不好就会把我当"坏人"。

我不想平白无故的当一场"坏人"，我怕小雪伤心，我说："小雪，他其实不是把你当狗唤，他是拿不下架子。你男朋友是你心中的神，你把爱情提拔到了一个别人无法企及的高度，而自己却不顾一切地维持这个高度。你把他长期持久地供奉在这个制高点上，他在不知不觉中成了你的精神领袖。现在，精神领袖触犯了你不可羞辱的人格，你希望他知错就改，向你低头道歉，这怎么可能呢？换个角度思考，其实是你有错在先。"

小雪不服气地说："我错在哪里？我对他百依百顺，一切都以他的宗旨为方向。去火车站送他，都是我拎重的包裹；每次去北京看他，我都买好多好吃的带去，自己从来舍不得吃一口；外婆把我从小带大，我去北京都抽不出时间去看她，我所有的时间都泡在清华陪伴他了。一想到我这么多年来对他的满腔痴情，换来的却是这样的结果，我就伤心。夜里，我躺在床上睡不着，脑子里全是我们过去上中学时的情景，大三的时候，我们班的中学同学聚会，好几个男生向我表达做男朋友的意思，我没有决定。那一段时间我一直在想，在比较，我到底选择谁？他身高 1.8 米，人长得帅，在清华大学电子工程系读研究生，英语又好，最重要的是那段时间，在我没有决定谁做我男朋友的时候，他对我多好呀，我每天都被他的耐心细致和关爱包围着，一想到他那时对我的好，我就忍不住要哭……"

说到这里，小雪的眼泪又接连滚落下来。我说："不哭，别人看见你哭不好，我知道你为什么要这样对他，他为什么会这样对你，追根溯源，又回到人性这个话题上。"

"有个两岁的小女孩，她家里人带她去夫子庙的花鸟市场看金鱼。大人抱着她，站在一家店铺里看了一会儿，就打算到下一家金鱼店。小女孩大哭，坚决不肯走，在大人怀里挣扎，鞋子都踢掉了。好不容易换了一家，她破涕为笑，看了一会儿。大人再去下一家金鱼铺子的时候，她又大哭。从这件小事情上就能看出一个问题，就是雌性动物的专一性问题。其实，换一家金鱼店，会有更好看的等着你，找男朋友也是的，换一个，或许更适合你。"

小雪说："我们班的女同学都羡慕我，我不能放弃。"

我说："你也有虚荣心。其实，能使一个女人幸福的关键是男人的品质和性格，女作家池莉说得好：'即便没有了爱情，好品质的男人离婚都会离得文明一些。'"

小雪自嘲地笑了，她承认自己的虚荣心，但是，他们能有丝丝入扣的感情交流，彼此是相爱的，这才是最重要的前提。

如果爱情没有了，怎么办？是痛悔一生，还是放手往前走？

小雪说："应该往前走，但是很难，因为以前没有经历过。"

四

小雪的情绪基本稳定以后，我和她一起去火车站退票。她男朋友给她买的是成人票，而不是学生票，退票要收百分之二十的退票费。我打算把她的票退给买票的人，少损失一点。

我拿着票，顺着排队的人流吆喝过去，每一个售票窗口都站满了购票的人，大家只是冷冷地看着我，无动于衷地看着我，好像我的吆喝跟他们无关。我长这么大，从来没有当这么多人面公然大声地吆喝过。满大厅的人，黑压压的人头，我心里非常紧张，唯恐遇见熟人，又想在小雪面前挣个面子，脸皮子的事就顾不上了。我的吆喝声引来了几个黄牛的围观，他们讨价还价和我争论不休，像强盗一样想从我手中把票抢走。我一手捏紧车票，一手牵着小雪，钻出黄牛的包围圈，我们逃一样地挤出售票大厅。有个黄牛又跟过来了，他不跟我谈价格，要我把火车票给他看看真假。我说："我又不是黄牛，车票怎么会有假，你先给钱，我才给你票。"他说："给你钱，给你数，我比他们出价都高。"这个黄牛就一张一张地给我钱，比其他黄牛多给20元后，我就把火车票给他，他转身就跑了，剩下的10块钱也不给了，我追上他要钱，他说："不行，把你的票还给你，我不买了。"我怎么敢要经过他手的票，万一是假票呢，少给10块钱就算了。

就在我转身要走的时候，手机响了，接着有个女人拍了一下我的肩膀，她说："终于等到你了，你就是史太郎，想不到我们会在这里见面，你到车站来干什么？"我猛然一惊，随后才想起来，这个女人就是忧伤玫瑰，我万万没想到会是这样的见面场景，心里一急，就口吃起来，我说："我、我来买、买车票的，我不是史太郎，你认错人了。"小雪奇怪地一会儿看着我，一会儿看着她。我拉着小雪的手就朝售票大厅走，边走边回头看那个女人有没有追过来。我看到刚才买我车票的黄牛推了一把忧伤玫瑰，撒腿就跑，忧伤玫瑰紧跟在他后面跑。他们两个以及刚才围着我们的一大堆黄牛，都发现了便衣警察的出现，不约而同地朝环湖公路方向四散开去，我紧悬的一颗心总算松了下来。

我们拿着退票的钱，去售票窗口排队买大后天的票。小雪问我："你认识她？"

我说："鬼话，黄牛的嘴里没有一句话是真的，她诈我，故意套近乎，好让我买她手上的票。"

小雪就说："难怪呢，那么熟，原来是装的，都把我骗了，还是你有眼力。"

我不想在这个问题上让小雪对我有想法，就赶紧把话题岔开。我说："你妈妈知道你要回家，一定给你煲了好吃的汤了，你最喜欢喝什么汤？"

小雪一听煲汤就来劲了，她说："燕窝、红参和各种野山菌煲的汤。"说到妈妈的汤，小雪的脸就像倒挂的凌霄花，有一丝调皮不经意间闪过。在排队买票的时候，我一边和小雪说一些轻松的话题，一边注意观察忧伤玫瑰不要从哪个角落再冒出来。我还担心刚才黄牛给的钱是假的，又不好说出口，怕小雪难过。如果是假钱，我身上有钱，我不会让她为难的，终于轮到小雪买票了，她明明有零钱，却偏偏给窗口递去 100 元的整钱，买好票后，她说："我担心是假钱，所以想验证一下，幸亏是真的。"

回学校的路上，我们算了一下，黄牛按票面价付给我们百分之九十的钱款，比退给公家少损失百分之十，去掉新买的学生火车票，还赚几十块钱。小雪说："他就是不拿父母的钱当回事，明明用学生证买票可以省钱，他偏要买成人票。有一次在他家玩，他临时决定推迟一天走，他妈妈只好去给他退票，买第二天的票，他妈妈退了一个上午才回来，退的是全额票款，现在想来，费了多大事呀，这么多人，挤来挤去就够受的。"

五

我把小雪送到南大门口，看着她往女生宿舍走去才回头。离吃晚饭的时间还早，我打算去湖南路上的韩复兴老牌鸭子店，买几包鸭四件和鸭胗鸭肝之类，等小雪走的时候，给她带走。顺便看看石头记专卖店的史评，张教授的新书有没有上架，买几本送给她。我的心情出奇地好，就给我姐打了电话，告诉她我晚上要去她家吃饭，顺便看看小侄子的功课。

最近，我已经好久没有上网了，我要上网收一下邮件。这样想着，我不觉间已经走到俱乐部门口，门口里面的五星电器在搞促销活动。临时搭起的舞台上，歌女们在劲舞，扩音器传来她们声嘶力竭的吆喝声。

过了马路，来到和平影城，有三三两两的姑娘结伴而行。

在电影院台阶上，她们拾级而上，她们穿得时尚大胆，有的牵了男朋友的手，这些来看电影的姑娘很漂亮。

《无极》的大幅宣传海报挂在墙上，我抬头看到海报上的女演员陈红，她美得如此惊艳，只能挂在墙上被人欣赏。我在心里暗自想，这些演戏的和看戏的虽然漂亮，可是和我有什么关系呢，她们只不过是南京这座古城的一道风景，只有小雪才是我真正想要的女人。

我在韩复兴鸭子店买完东西出来，横过来的一只胳膊挡住了我的去路。我把他推开往前走，那家伙二话不说，上来就给我一拳。猝不及防，我摔倒在台阶上。那家伙又一脚踢到我胸口，我双手撑在阶梯上想爬起来，紧接着另一个家伙掏出了锋利的刀子，他们出手之快，叫我无力招架。事情发生得太突然了，我还没反应过来，一汩咸咸的液体从喉管冒上来，我的眼前一片模糊，脑门上的液体流到眼睛里。我明白，他们是想置我于死地。我想我不能白白死在这些人手上，我挣扎起来，用袖子擦擦眼睛上流下来的血，一头栽倒在地上。但是我依然强睁开眼睛，看见了他们逃跑的背影。

六

我在医院醒来的时候，我姐坐在床边。她说："你总算醒了，我都担心死了，你知道是什么人干的吗？下手也太狠了。"我说："我不认识，有两三个，我看见他们跑了，有没有抓到？"我姐说："抓了一个同伙，其他的跑掉了，我去派出所报案时，警察还在审问，估计迟早要破案的。你有什么线索吗？你要是能提供一些就好了。妈昨天问我你家怎么总是没人接电话，我说你到外地实习去了。要是他们打你手机，你不要说破，免得他们担心。他们知道了也帮不上忙，还添乱。你现在感觉怎么样，想吃点什么？"

我没有什么线索，那些打我的人，我从来就没见过。我和他们无冤无仇，他们为什么要打我，还下手那么狠？我姐坐在床边的凳子上，一副伤心的样子。她为我难过，眉头皱着，竭力在思索什么，焦急的两只手搓来搓去。我却在想，到底是谁干的？医生来查过房，我姐就走了，她回家帮我拿点衣服，顺便把我身上换下来的血衣带走，她说："这是罪证，要保留好，你的血不能白流。这几天，我都请了假，六点多以后，我再来给你送点鸽子汤。你流了那么多血，我赶到医院的时候，小雪也在，现在总算渡过了难关。你放心吧，回头我还来，这两天都是你姐夫在守夜，今天我来换他。"

五点多钟，病房的门开了，小雪闪身走了进来。她怎么知道我在这里？我最不愿意的事情就是让她看到我这个死样，太没面子了，可是，我却无法逃避，只能眼睁睁地看她走过来，我说："真是不好意思，不能去车站送你，是今天晚上的票吧？回头叫我姐去送你。"

小雪不说话，低头在哭。这一次，她不是号啕大哭，而是低声啜泣。她说："你醒了，你那天流了那么多血，我以为你要死了，我很怕你死，你以后不会死了吧？"

我知道她说的是我近期不会死了，但还是忍不住笑起来。人总有一死的，只不过有的人死得早，有的人死得晚罢了，我怎么会不死呢？就在我笑的时候，脸上缝的针线一下子撕裂般地疼起来。小雪说："你脸上缝了针，不能笑，还疼不疼了？"

我故意做出轻松的样子说："好多了，你一来，我就想笑，一开心就不疼了。你怎么会知道我在这里？"小雪说："我打你手机的，是医生接的，医生说手机的主人受伤了，要我赶快到医院，医生以为我是你的女朋友呢。"一丝羞怯从她的脸上飞快掠过，躲到我心里，把我全身的伤痛抚慰了一遍。她不哭了，站起来拎了床头柜上的两个水瓶出去，给我去水房打开水。我看见她穿了件鸡心领的花边背心，浑圆的肩膀裸露在外面，呈小麦色。我才发现，她是如此的丰盈健康，我躺在病床上等她回来的时间真是难熬，等了好久好久她才回来。她回来后的表情就像夏天的天气，说变就变了。

小雪坐在床边的凳子上，十指纠缠在一起，垂头丧气，嘴里喃喃自语："不是他干的，肯定不是他干的，警察会调查清楚，还他一个清白……"小雪的样子和她的表白，叫我一下子就想到打我的凶手，除了她男朋友，我没有得罪过谁？！谁会这么恨我？当然是她还没有分手的男朋友。

想到这个问题，我头疼得厉害。小雪继续说："我求你了，求你给他证明，不是他干的。你看见的，那些打你的人他根本就不认识。他在南京连路都不认识，怎么可能是他干的呢？现在他被牵连进来了，在派出所受询问。要是 24 小时还出不来，就要送到拘留所，要是他有拘留的记录，他的前途就被毁了。我很内疚，我对不起他，让他受牵连，是我把他推下油锅。我求你了，求你帮我作证，证明他的清白，这不是他干的，真的不是他干的。"

小雪的脸埋在胳膊里，身体随着抽泣而抖动。她伤心的样子叫人同情，可是，她不是为我伤心，而是为了她的男朋友伤心。护士来给我换吊滴，还把几颗晚上吃的药放在床头柜上，我身上的伤口痛得厉害，当着小雪的面，又不好意思讲。我姐来了，她看到我的样子，二话不说，就去值班室找来了医生，医生看了看伤口和用药就走了，我姐坚持要医生给我打止痛针，护士打完针后，我姐就出去了。

小雪看我的样子好了些，就止住了抽泣，她说："只有你能证明这事和他无关。"我姐进来听到了，她说："我刚从派出所过来，怎么可能无关？凶手都交代了，他自己也承认了，是他花钱指使他们干的，我们要起诉他的刑事责任和附带民事赔偿。"

果真如我所料，是那个家伙干的，真是个小人。我费力地扭过脸对小雪说："这种有暴力倾向的男人是最不可靠的，你看过电视剧《不要和陌生人说话》吗？那个男主角是多么优秀的外科医生，可是，他打妻子的时候，下手够狠的，道歉的时候又是多么虔诚。你不要被爱情迷住双眼，等你后悔的时候，没有人能帮你。"

小雪生气地说:"请你不要把他和安嘉和混为一谈。他不是那种人,有一次我们在街上,雨后的积水覆盖了人行道,我就从花坛的石头边上走,有几个男的和我迎面走过来,他们不让我,我也不让他们,他们为首的一个就把我推了下去。我男朋友过来一把就把推我的那个人摔倒在花坛上……可见,他是多么爱我,没有人能超越他对我的爱,也没有人能像他那样,和我达到深层次的情感交流。"

我无言以对,我姐对她说:"你讲这话不觉得自己很虚伪吗?你男朋友对你那么好,你还要来找我弟弟干什么?要不是因为你,他会伤成这样?"

小雪站起来,冲动地大声说:"不是他干的,这么卑鄙的事情,怎么会跟他有关?一定是你误会他了。"她的两手抱住脑袋,十根手指陷进头发中,脸部肌肉痉挛,转身跑出了病房。

我姐气呼呼地说:"走就走,吓谁呀?我最恨这种脚踏两只船的人,狐狸精,要不是她,你也不会伤成这样,还有脸来求情。"我说:"你不要冤枉她,她只是我的师妹,我们没有什么关系。"我姐说:"没有关系,那天晚上我去送钥匙后,你给我打电话,说到我家睡的,怎么没来?天那么黑,她一定睡在你那里了。现在的女孩我真是搞不懂。你也不小了,妈就只望你抱孙子了,等这件事情结束以后,我们好好给你找个对象。女孩子的外表不重要,看得顺眼、勤快点、心眼好、能过日子就行了。"

我姐把鸽子汤倒进小碗里,护士推门进来跟我说:"刚才,看见你女朋友站在窗口哭，伤心的样子，我劝她两句，她就坐电梯下楼了。她情绪好像有点不对头，那天你刚送来的时候，流了那么多血，她给你输血都没哭。今天，你好多了，她却哭成那样。一个女孩，要不是伤透了心，怎么会那样哭？你们要关心她。"

护士说完就走了，要不是护士进来讲，我还不知道是小雪给我输的血。我姐为什么不跟我说，是她讨厌她？讨厌归讨厌，这节骨眼上，她也怕节外生枝，再弄出点什么事情来。我的手上挂了吊滴，我姐拨通小雪的电话，就把手机递到我耳朵边。我说："小雪，你在哪里？外面热，到处是蚊子，你回来帮我打饭，我有话跟你讲。"

小雪哭着说："再过两个小时，火车就要开了，我今晚回不了家了，我很想妈妈，想妈妈煲的汤，很想回家，为什么他们要把我男朋友抓起来？为什么你要睡在医院？我想不通，我很内疚，很难过。我不知道我做错了什么？我不知道我要怎么办？我想妈妈，想妈妈。"

我说："你过来，我姐走了，没人给我打饭呢。再迟就没饭了，我饿了，你来帮我打饭。我们见面再说，好吗？"

小雪说："我到现在都没有见到我男朋友，他怎么样，我也不知道。我要去找他，看看他现在到底被关在哪里？"

我说："他在派出所，你去了，警察也不会给你见面的。"

小雪说："为什么不给我见？"

我说："这是他们的惯例，防止串供。"

小雪急切地说："那我怎么办呀？他会不会被拘留？会不会被判刑？只有你能够救他，求你了。"

我说："你回来吧，我们好好商量，商量你男朋友的事情，有什么好法子。"我说这话的时候，我姐坐在床边用眼睛瞪着我，电话一挂，她就说："她是真傻还是装傻？凶手自己都承认了，她还在诡辩，你不要一看她哭就心软，否则，你的医药费哪个出？现在，还不知道会不会留下后遗症。你是我们家的独子，要是有个三长两短，你叫妈怎么活？他不是杀你一个人，是要杀我们全家。我不会饶恕他的！做人要有原则，要爱憎分明，有所为和有所不为。怎么能为所欲为呢？不要老叫我们操心，我回家去一趟，她走了我再来，你自己把握分寸。"

我姐出了门又回头叮嘱："做人是要有原则的，你就是心太软，该扛的要扛住，你懂我的意思吧。"我点点头。她终于出去了。

"唉。"我长长地出了口气，我姐总算走了，用不着再听她唠叨了。小雪什么时候能来呢？她是个守信的女孩，她答应我来就不会不来，我要等她来了一起吃我姐送来的晚饭。

七

一直等到床头柜上的饭菜凉透了，小雪也没来。护士来量了一次体温，原先的高烧还没有退尽，不过比早上好多了。她给我喂了先前送来的药，她说："你还没吃晚饭，要加强营养才能恢复得快，我把你的饭菜用微波炉热一下。"我说："我不想吃。"护士关心地说："不吃怎么行？"

后来我才知道，小雪还是去了派出所，当然，她不可能见到他，却和我姐在所里不期而遇。我姐为了我，要求严惩凶手，绝不放过他。小雪为了自己的爱情，不惜一切要证明他无罪。我感到一场旷日持久的两个女人之间的战争就要开始了，而我却夹在她们中间无能为力。

如果没有姐姐，我会怎样？我脑子里在想这个问题，我会听小雪的话吗？去给她男朋友作证，证明那个幕后凶手不是他？我想，我不会给他作证的，小雪为了她的爱情，可以不惜一切，并且，小雪是真的相信他不会雇人报复我，我不想把她心里最美好的东西摧毁，我可以为了小雪去宽恕一个我不想宽恕的人，却不会去作伪证，这是我的底线。

麻醉针渐渐失效，伤口隐隐作痛，我一个人躺在床上，默默地承受我不想要的一切。这一切有的发生了，有的正要发生。如果能够尽快结束，我宁愿为了小雪原谅那个伤我的家伙。可是，世间的事情往往就不以个人的意志为转移，想到此，我感到无能为力。

病房里开着空调还算凉快，外面的天气仿佛烧红的炭火。我姐到处奔波，她每次进来，脸上的皮就像被烤过一样。她是为了筹措下一期手术的医药费。那几个打我的凶手，是街上的混混，根本就拿不出钱来。小雪的男朋友也没有收入，为了能正常治疗，又不让我父母知道，我姐把给小侄子准备上学的择校费交到了医院。她的心里很压抑。我知道，可是我不能帮她，还要在孩子升学这个节骨眼上给她添麻烦，为此，我感到内疚。可是不这样，我的医药费又从哪里来？我不想在医院等死，我想尽快治好后出院。

手术费交过两天以后，护士就来通知，叫我准备好做二期手术。小雪来看我，看上去，她的情绪稳定多了，她给我鼓劲。她说："我相信你是一个勇敢的人，你会渡过难关的，明天早上八点，我送你去手术室，然后在外面等你。如果需要，我给你输血。"

我的身体里已经流着她的血，她的话再一次叫我的心感到温暖。她说："这个暑假我不回深圳了，我会一直在你身边守着你的。"我说："为什么？"她说："我父母都到北京去了，外婆病了，熬不过这两天了。"说着话，她的眼泪就流了下来。我说："你为什么不去北京？"她说："我不放心你和我男朋友，我想念外婆，我小时候，她很娇惯我的，妈妈叫我回北京见外婆最后一面，我不知道还能不能见到，一想到外婆这两天要走，我心里难过极了，我很想她，真的，很想她，要是能有天堂就好了，我就会有机会到天堂和她相见。"

小雪抽了一张纸巾，拭去脸上的泪水又说："春秋时期，齐国有两个人是好朋友，他们叫管仲和鲍叔牙，这两个人分别做了齐襄公的公子纠和小白的老师。齐襄公荒淫残暴，他们就带了各自的公子外出避祸。后来，齐国发生了暴乱，有人杀了齐襄公，抢夺王位。不到一个月，抢夺王位的人又被大臣杀了。这时两个公子分别赶回齐国争夺王位。管仲为了自己的主子登上王位，射了公子小白一箭，小白咬破舌头，口吐鲜血诈死留下一命，小白做了齐桓公后，纠被杀，管仲被鲁庄公装在麻袋里交给齐桓公。齐桓公欲杀之，鲍叔牙对他说，我只能帮你治理国家，要想成为霸主，只有重用管仲才行。齐桓公接受了鲍叔牙的建议，在管仲的辅佐下，最终成了春秋时期的五霸之首。"

小雪说完期待地看着我，我能说什么呢，明天就要上手术台了，每一场手术都有风险，能不能平安出来还是问题。我只好调侃地说："你的意思是不是说做人要有量，才能成就大事？"

小雪伤感地说："就是这个意思，你答应我，原谅他好吗？我求你了，我会感激你一辈子。妈妈刚才来电话说外婆在昏迷中一直在叨念我的乳名，她想见我最后一面，在这个世界上，我可能见不到她了。人都会死的，还有什么不能原谅？"

我咬了咬牙对小雪说："你答应我一件事，我就原谅他。"

小雪瞪大眼睛，吃惊地问："什么事？快告诉我。"

我说："我不知道有没有天堂，你现在就走，去火车站，回北京。"

原载《当代》2007 年第 6 期

慈悲者的孤独

文 / 雷达

　　《手套》（见《当代》2018 年第 1 期）这篇小说对人入老境后，生活失能，仰仗他人残喘的悲凉境况，用一个洗脸的场面描绘尽矣。人物关系是逐渐展开的，玉梅的不幸身世也是层层揭开，让读者逐渐接受这位圣洁女神。因为她的特立独行太惊世骇俗了，她不是在利益之争中显示光辉，如果这样，人们是可以理解的，而她是牺牲自己的一切，在老人一家有足够实力且生活体面的情况下，独自扛起伺候姨爹的重任，把他救出养老院。其超尘绝俗就不被所有的人理解了。

困难时期，姨爹想收养失去双亲的玉梅，但是姨妈不能接受玉梅的到来。争执中，姨妈用菜刀砍断了玉梅的两根手指。年幼的玉梅被送去孤儿院生活。后来姨爹去孤儿院看望玉梅，送给玉梅一双漂亮的小手套。这双手套不仅遮蔽了玉梅短缺的手指，也给了玉梅莫大的慰藉。"姨爹给过她父爱，这种爱于她来说是刻骨铭心的，被早年孤儿院里的孤寂生活无限放大和扩张，是她假想的父爱在延伸，直到她的青年、中年，这样的延伸都没有终结，伴随着她的年纪一起增长。如此浩大，弥足珍贵。"姨爹在玉梅幼年的时候，用手套织造了世间的一缕纽带。纽带的一头连接了姨爹生命的尽头。"如果没有手套，玉梅的人生将是一片灰暗。只是姨妈太穷，养不起她。她的手指是如何缺失的，她不曾告诉别人。这是她的秘密，是她和这个世界关联的最后一个通道。"

成年后，饥饿的玉梅偷渡去了国外。她从难民一点点奋斗到中餐馆老板。她没有憎恨抛弃过她的姨妈一家，她在内心里把姨爹想象成父亲。为了救助生活失能的姨爹，她舍弃了自己优越的生活。她对孤老失能所倾注的悲悯，至情至性，闪耀着人性善的光芒。

修白擅长人物形象塑造。她塑造的人物形象不是表象的，而是多方位地深入到人的精神层面。《手套》这个短篇小说成功塑造了玉梅这个孤独的慈悲者以及姨爹这个本性善良的老教授。在老人一家对玉梅的不断否定与欺辱中，玉梅的不幸身世，她与姨爹一家的关系，如剥笋般展现出来。她并非天生残缺的手指与手套的先后出现，让我们思考，生活真如我们看到的那样？是什么使得姨爹这个大学教授丧失了判断是非的能力，沦为姨妈的傀儡？

在玉梅家，老少两代人面对面躺在床上交心。姨爹这个垂死的老人也有"良言"："你心里有仇恨，仇恨最后会伤到自己。你要在我死前，跟你姨妈和好。你不要恨她，我会叫她给你一笔遗产。"这里的姨爹是清醒的，也是没有原则的。他时而清醒，时而糊涂，选择性清醒，选择性糊涂，这个老人的人生哲学是利己主义的，他对妻子和家庭的妥协，使他能够平稳地走到生命的尽头，直到被妻子抛弃在养老院，他依然相信妻子是这个世界上最善良的人。与他的"这个世界上没有一个好人"的阐述，相互矛盾，从此悖论中，我们看到的姨爹是立体的，既天真又狡猾，既清醒又糊涂，看似大智若愚的人生哲学，是他的利己主义是非观的呈现。从他的两条遗嘱中可见一斑。鲁迅说过，我一个都不宽恕。姨爹要玉梅宽恕姨妈，玉梅同样做不到。玉梅是有原则的，她说："我不能要你的遗产。我照顾你不是为了遗产，我从小就没有家庭，没有父爱母爱，我一直把你当父亲。"

至此，我们对玉梅的动机不再怀疑与追问，并逐渐看到这位圣洁女神的内心。这个孤独的女性，她一生索取的不是财富，而是爱，是家庭之爱，父母之爱。这爱使得人类繁衍下来，这爱如此纯粹，爱得惊天动地。因为品尝过孤独与抛弃，她对养老院的姨爹产生了感同身受的悲悯，这悲悯使她回到故乡救助姨爹，却不被世人所理解和接纳。谁能解她幼年苦，谁能懂她今日愁。玉梅在误解、曲解与羞辱中展现出人性的光辉，其超尘绝俗不被所有的人理解。她是孤独的。

这不是一个简单的报恩的故事。她关系到人的精神指向。人类的生命有一部分是在失能状态下度过的，幼年与老年。这段时间需要他者的照顾才能平安度过。玉梅的幼年与姨爹的老年均遭遇过抛弃，人类群体需要建立社会关联属性，互相扶持，度过生命的困难时期。中国社会正步入老年社会，越来越多的老人进入失能状态，如何面对失能老人是一个庞大的社会问题。

作为读者，我们不时地为玉梅的傻、为她的完全奉献而得不到一丝回报，反而被误解，甚至被侮辱而激起愤怒，愤怒这一家子的巧伪、假孝顺。同时我们也怀疑过玉梅，但这并不构成对玉梅的打击。打击来自姨爹本人，他认为这个世界上没有一个好人，甚至连他的母亲、三个姐姐以及玉梅都不是好人。唯有抛弃玉梅又抛弃他的妻子却是善良之人，这样的谬误，可能是人性最黑暗的一面。玉梅被彻底打蒙了，击垮了，顿感一片爱心天地不容，受惠者姨爹竟然也不容。玉梅孤独地走到了世界的尽头，她成为最不被理解和接受的人。

这样的孤独，不是漂泊者身处异地的孤独，也不是世事无常的孤独，更不是一个人面对世界的孤独。上述孤独，玉梅从小就一个人面对和抵抗，她在孤独中成长，在孤独中坚强。当她走回故乡，去养老院拯救姨爹的时候，她已战胜了这些平庸的孤独。她知道孤独无助的可怜处境。"知我者，谓我心忧；不知我者，谓我何求。悠悠苍天！此何人哉？"这因慈悲而起的孤独，不被理解，反被误解、曲解、颠倒，这是绝无生处的孤独。一双手套，道不尽世间冷暖。

2018 年春节